外国文学名著丛书

〔美〕艾米莉·狄金森/著

狄金森诗选

江枫/译

"外国文学名著丛书"编委会

人民文学出版社

Emily Dickinson
THE SELECTED POEMS OF EMILY DICKINSON
据 Little，Brown & Company，Boston 版本译出。

图书在版编目(CIP)数据

狄金森诗选/（美）艾米莉·狄金森著；江枫译.
北京：人民文学出版社，2025. -- （外国文学名著丛书）.
ISBN 978-7-02-019363-9

Ⅰ.I712.24
中国国家版本馆 CIP 数据核字第 2025R760Z6 号

责任编辑	马冬冬
装帧设计	刘　静
责任印制	王重艺

出版发行	人民文学出版社
社　　址	北京市朝内大街 166 号
邮政编码	100705

| 印　　刷 | 河北新华第一印刷有限责任公司 |
| 经　　销 | 全国新华书店等 |

字　　数	112 千字
开　　本	850 毫米×1168 毫米　1/32
印　　张	12.25　插页 3
印　　数	1—4000
版　　次	2025 年 8 月北京第 1 版
印　　次	2025 年 8 月第 1 次印刷

| 书　　号 | 978-7-02-019363-9 |
| 定　　价 | 65.00 元 |

如有印装质量问题,请与本社图书销售中心调换。电话:010-59905336

艾米莉·狄金森

出版说明

人民文学出版社自一九五一年成立起,就承担起向中国读者介绍优秀外国文学作品的重任。一九五八年,中宣部指示中国科学院文学研究所筹组编委会,组织朱光潜、冯至、戈宝权、叶水夫等三十余位外国文学权威专家,编选三套丛书——"马克思主义文艺理论丛书""外国古典文艺理论丛书""外国古典文学名著丛书"。

人民文学出版社与中国科学院文学研究所,根据"一流的原著、一流的译本、一流的译者"的原则进行翻译和出版工作。一九六四年,中国社会科学院外国文学研究所成立,是中国外国文学的最高研究机构。一九七八年,"外国古典文学名著丛书"更名为"外国文学名著丛书",至二〇〇〇年完成。这是新中国第一套系统介绍外国文学作品的大型丛书,是外国文学名著翻译的奠基性工程,其作品之多、质量之精、跨度之大,至今仍是中国外国文学出版史上之最,体现了中国外国文学研究界、翻译界和出版界的最高水平。

历经半个多世纪,"外国文学名著丛书"在中国读者中依然以系统性、权威性与普及性著称,但由于时代久远,许多图书在市场上已难见踪影,甚至成为收藏对象,稀缺品种更是一书难求。在中国读者阅读力持续增强的二十一世纪,在世界文明交流互鉴空前频繁的新时代,为满足人民日益增长的美

1

好生活的需要，人民文学出版社决定再度与中国社会科学院外国文学研究所合作，以"网罗经典，格高意远，本色传承"为出发点，优中选优，推陈出新，出版新版"外国文学名著丛书"。

值此新版"外国文学名著丛书"面世之际，人民文学出版社与中国社会科学院外国文学研究所谨向为本丛书做出卓越贡献的翻译家们和热爱外国文学名著的广大读者致以崇高敬意！

"外国文学名著丛书"编委会
二〇一九年三月

编委会名单
（以姓氏笔画为序）

1958—1966

卞之琳	戈宝权	叶水夫	包文棣	冯　至	田德望
朱光潜	孙家晋	孙绳武	陈占元	杨季康	杨周翰
杨宪益	李健吾	罗大冈	金克木	郑效洵	季羡林
闻家驷	钱学熙	钱锺书	楼适夷	蒯斯曛	蔡　仪

1978—2001

卞之琳	巴　金	戈宝权	叶水夫	包文棣	卢永福
冯　至	田德望	叶麟鎏	朱光潜	朱　虹	孙家晋
孙绳武	陈占元	张　羽	陈冰夷	杨季康	杨周翰
杨宪益	李健吾	陈燊	罗大冈	金克木	郑效洵
季羡林	姚　见	骆兆添	闻家驷	赵家璧	秦顺新
钱锺书	绿　原	蒋　路	董衡巽	楼适夷	蒯斯曛
蔡　仪					

2019—

王焕生	刘文飞	任吉生	刘　建	许金龙	李永平
陈众议	肖丽媛	吴良柱	吴岳添	陆建德	赵白生
高　兴	秦顺新	聂震宁	臧永清		

目　次

译本序 …………………………………… 江枫 1

醒来,九位缪斯…………………………… 1
另有一片天空 …………………………… 4
在这神奇的海上 ………………………… 5
穿过小径,穿过荆棘 …………………… 6
晨曦比以往更柔和 ……………………… 8
我们输,因为我们赢过 ………………… 9
我有一枚金几尼 ………………………… 10
她已长眠在一棵树下 …………………… 12
但愿我是,你的夏季 …………………… 13
如果记住就是忘却 ……………………… 14
花冠,可以献给女王 …………………… 15
没有人认识这朵玫瑰 …………………… 16
当我算计着那些种子 …………………… 17
我掠夺过树林 …………………………… 18
心啊,我们把他忘记! …………………… 19
那样重大的损失一连两次 ……………… 20
如果我不再带玫瑰花来 ………………… 21

1

成功的滋味最甜	22
"大角"是他另一个名称	23
明丽的是她的帽子	25
极乐的狂欢感受是	26
我从未在听到"逃走"时	27
上天堂去！	28
我们的生活是瑞士	30
她的胸前宜佩珍珠	31
新的脚在我花园里行走	32
有一门科学,学者叫它	33
果真会有个"黎明"？	34
是这样一艘小小的,小小的船	35
外科医生举起手术刀	36
蜜蜂对我毫不畏惧	37
我们有一份黑夜要忍受	38
这是什么旅店	39
呐喊着鏖战固然非常勇敢	40
在诗人歌咏的秋季以外	41
泥土是唯一的秘密	43
就要死去！死在黑夜！	45
我的河在向你奔来	46
受伤的鹿,跳得最高	47
一个毛茸茸的家伙	48
如果我能用一朵玫瑰买通他们	50
我失落一个世界,有一天！	52
如果知更鸟来访	53

"信义"是一种精致的虚构	54
那时,他弱,我强	55
苍天不能保守秘密!	56
可怜的小小的心!	58
到时候,我将知道为什么	59
我从蜜蜂家偷来的	60
花,不必责备蜜蜂	61
如果蓝铃花为爱慕她的蜜蜂	62
我品味未经酿造的饮料	63
什么是,"天堂"	65
救世主!我无处可以诉说	67
这不可能是"夏天"!	68
凯蒂走路	69
今天,我是来买笑容的	70
我没有别的可带,你知道	71
天堂,为我难以企及	72
我爱看痛苦的表情	73
为什么,他们把我关在天堂门外?	74
暴风雨夜,暴风雨夜!	75
我要不停地歌唱!	76
篱笆那边	77
"希望"是个有羽毛的东西	78
死去,只需片刻	79
在冬季的午后	80
晚安,是谁吹灭了烛光?	82
他用皮带捆绑我的生命	83

3

我见过的唯一鬼魂 ……………………………………	84
怀疑我！我隐晦的伴侣！ …………………………	86
英语有许多词组 ……………………………………	88
那将怎样,如果我说我不再等待！ ………………	90
知更鸟是我评判乐曲的标准 ………………………	91
我是无名之辈,你是谁？ …………………………	92
单独,我不能 ………………………………………	93
像一种老式奇迹剧 …………………………………	94
灵魂选择自己的伴侣 ………………………………	96
白昼行动迟缓,直到五点 …………………………	98
绝望有别于 …………………………………………	100
它通过铅筛筛下 ……………………………………	101
自然,有时会使一株幼苗枯萎 ……………………	103
他用手指摸索你的灵魂 ……………………………	104
这风不是来自果园,今天 …………………………	105
我告诉你太阳怎样升起 ……………………………	107
有些人过安息日到教堂去 …………………………	108
我不会用脚尖跳舞 …………………………………	109
一只小鸟沿小径走来 ………………………………	111
小草很少有事可做 …………………………………	113
我知道他的存在 ……………………………………	115
我戴上王冠的一天 …………………………………	117
上帝是远方一位高贵的恋人 ………………………	119
我做得到的,我愿 …………………………………	120
她躺着仿佛在做游戏 ………………………………	121
我每天都在说 ………………………………………	123

我到过天堂	*125*
我当然祈祷过	*126*
有一种花,蜜蜂爱	*127*
秘密一说出口	*129*
酷刑不能折磨我	*130*
请回答我,七月	*132*
最甜美的异端邪说认为	*134*
泥土中有一位来访的客人	*135*
穿过黑暗的泥土,像经受教育	*136*
那是爱,不是我	*137*
山岗上有一所房屋	*138*
在下界,我从不感到自在	*139*
就像一个漩涡,有个缺口	*141*
看不真切的一张脸上	*143*
早安,午夜	*144*
月亮离大海十分遥远	*146*
埋在坟墓里的人们	*147*
知道怎样忘却!	*149*
不少痴癫,是真知灼见	*151*
行将饿毙的人赋予食物	*152*
我们习惯在分别时	*153*
这是我写给世界的信	*154*
活着,使人感到羞耻	*155*
正是去年此时,我死去	*157*
我能,多给些,什么	*159*
这是诗人,就是他	*160*

5

我为美而死,对坟墓	162
梦,很好,醒来更好	163
破晓,我将是一个妻子	164
我和他住在一起,我看见他的面孔	165
我们不在坟头游戏	167
鲜红,耀眼,是黎明	168
我还活着,我猜	169
我原以为只有最俭朴的需求	171
我没有时间恨	173
"为什么我爱"你,先生?	174
找他去,幸福的信!	176
他抻拉过我的信念	178
我嫉妒他航行所在的海洋	180
至少,还有祈祷,留下,留在	182
我已被放弃,不再属于他们	183
如果你能在秋季来到	185
美,不经造作,它自生	187
听一只黄鹂唪鸣	188
我的,凭公正挑选的权利!	190
你无法扑灭一种火	191
我把我的力量握在手里	192
我畏惧佶聱言辞的人	193
殉理想的诗人,不曾说话	194
要弥合裂缝	195
我一直在爱	196
我测度我遇到的每一种悲痛	197

我不能证明岁月有脚	200
一只垂死的虎,为干渴而呻吟	201
我们学完了爱的全部	202
诗人,照我算计	203
我忍饥挨饿了多少年	205
我把自己交付给他	207
我为每一种思想寻找言辞	209
我爱看它跑过一哩又一哩	210
害怕!我害怕谁	212
我离家已经多年	213
四处并未因而发生变化	215
对于人,为时已晚	216
我们曾在一个夏季结婚,亲爱的	217
头脑,比天空辽阔	219
孩子的信仰稚嫩	220
我不能和你一起活着	222
你留给我,亲爱的,两份遗产	225
痛苦,有一种不做记录的特点	226
我居住在可能性之中	227
他的语声又在门口	228
啊,特纳利夫	230
"自然",是我们所见	231
灵魂有客	232
燧石的土壤,坚持耕作	233
灵魂对于它自己	234
有人说"时间能够平息"	235

"演说",是议会的恶作剧 …………………… 236
胜利到来已晚 …………………………………… 237
你喜爱夏季?请尝试我们的 ………………… 238
太阳不断下落,下落 …………………………… 239
发表,是拍卖 …………………………………… 241
因为我不能停步等候死神 ……………………… 243
白昼卸去她的衣裳 ……………………………… 245
那乞讨的孩子,过早死去 ……………………… 247
我原以为我来时能见到她 ……………………… 249
它颠簸着,颠簸着 ……………………………… 250
有一天,你说我"伟大" ……………………… 251
最有生命力的戏剧表演 ………………………… 253
懊悔,是记忆,醒来 …………………………… 254
预感,是伸长的阴影,落在草地 …………… 255
我的信念大于山 ………………………………… 256
把勇敢的援助给予 ……………………………… 258
一加一,是一 …………………………………… 259
无所期望的服务 ………………………………… 260
等待一小时,太久 ……………………………… 261
有一种乏味的欢乐 ……………………………… 262
永远是我的 ……………………………………… 263
我无法买到,它是非卖品 ……………………… 264
藏起来很好,听他们寻找 ……………………… 265
已经两次,夏季给了原野 ……………………… 266
剖开那只百灵,你会找到音乐 ………………… 267
知更鸟不为面包屑 ……………………………… 268

从一条板向另一条走去	269
诗人们只把那些灯点亮	270
我隐藏在,我的花里	271
爱,先于生命	272
如果我能使一颗心免于哀伤	273
我见不到的,看得更真切	274
死亡是一场对话,进行	275
一个瘦长的家伙在草地	276
崩溃,不是一瞬之功	278
捆住我,我还能唱	279
有点什么,可以希望	280
我从未见过荒原	281
在夏季的鸟鸣之外	282
天空低矮,云层阴暗	284
这些是指向自然酒家的路标	285
死亡后的清晨	286
要说出全部真理,但不能直说	287
太阳出来了	288
大海对小溪说"来啊"	289
有人说,有一个字	290
我们能猜的谜	291
如果我不曾见过太阳	292
乞丐沿门乞讨名声	293
没有一艘船能像一本书	294
不用棍棒,心已碎	295
亲爱的三月,请进	297

9

池塘里的大厦	299
舆论是个飞来飞去的东西	301
一只旋转的飞轮	302
你不能让记忆生长	303
小石头多么快活	304
我的国家不必更换服装	305
像忧伤一样难以觉察	306
谁,未能在下界发现天堂	308
相逢,是意外事故	309
大的战争已在书堆中埋葬	310
以前,垂死的人	311
香花会谢	312
历史,曾经绞杀巫术	313
他饮食珍贵的文字	314
虽然海洋已睡去	315
有两个可能	316
不知黎明什么时候来到	317
冬季,在我的房间里	318
上帝果真是个爱嫉妒的神	320
我若知道第一杯是最后一杯	321
我啜饮过生活的芳醇	322
我的生命结束前已结束过两次	323
失去你,比得到	324
要造就一片草原	325
到天堂的距离	326
名声是一只蜜蜂	327

过分欢乐的时光自行消散 ·················· *328*
地球有许多曲调 ························ *329*

附录
书简选译 ···························· *331*

译 本 序

艾米莉·狄金森(Emily Elizabeth Dickinson, 1830—1886),像沃尔特·惠特曼(Walt Whitman, 1819—1892)一样, 在19世纪中叶的美国也是他们那个诗歌时代当之无愧的杰出代表。这位生前默默无闻, 成年后终老独身, 直到死后才有了大名的女诗人, 于1830年12月10日将近午夜出生在美国马萨诸塞州当时还是个小镇的艾默斯特。在她祖父创办的艾默斯特学校受完中等教育而于1847年毕业后, 在离家不远的芒特霍利约克女子学院就读不足一年, 即告退学; 从25岁开始, 便很少参与社交活动, 几乎是足不逾户, 常在家务劳动之余写信、写诗; 到1886年5月15日那个明媚的初夏黄昏, 由于当时诊断为肾脏疾患的病情恶化在昏迷中离去时, 已给人间留下了自成一格、独放异彩、数量可观的篇什。

而在她的有生之年, 公开发表过的诗作只有11首, 如果再算上1850年2月匿名刊登在《艾默斯特学院院报》上的那首《瓦伦丁节日诗》, 也只有12首; 其余部分都是她死后30年内, 由她妹妹拉维妮亚发现, 邀请亲友们整理、结集, 陆续出版的。

1955年美国文学史上的一件大事是哈佛大学出版社所属贝尔纳普出版社出版了托马斯·H.约翰逊编辑的《艾米

莉·狄金森诗集》。这部三卷本诗集收集了当时已知的1775首完整的诗篇和不完整的片段,并且附有全部异文,甚至再现了推敲和涂改的痕迹,从而使世人得以读到近乎原貌和近乎全貌的狄金森诗稿。

1958年,同一家出版社出版的托马斯·H.约翰逊和西奥多拉·沃尔德合编的三卷本《艾米莉·狄金森书信集》,对于理解狄金森其人其诗都是重大贡献。所收1049件书简,有一部分,诗即是信,信即是诗,绝大部分都可以认为是不分行的诗。

她的诗公开出版后,得到了越来越高的评价。除了20世纪30年代由于评论界的派别之见一度有过分歧之外,经过半个世纪反复品评、深入研究,狄金森作为对美国文学作出了重大独创性贡献的伟大诗人的地位,已经牢固确立。有人断言,她是自公元前7世纪古希腊萨福以来西方最杰出的女诗人;有人就驾驭英语的能力而言,甚至把她和莎士比亚相提并论。这类赞颂已经被越来越多严肃的研究成果证明,绝非溢美。无可否认的事实是,几乎在任何一部美国诗歌选集中,狄金森的诗都占据着显著的篇幅;由于被译成了各种文字,狄金森,可以说是世界上影响最大、拥有读者和学者最多的女诗人,不是之一,而是唯一。

她的诗作,和惠特曼的一样,已被公认为标志着美国诗歌新纪元的里程碑。狄金森和惠特曼一样,对诗歌的传统规范都表现了不驯的叛逆姿态。有人说,"惠特曼和狄金森写诗,都好像从不曾有人写过诗似的"。但是他们风格迥异,各趋一极。惠特曼的艺术境界是宏观的、外向的;狄金森则倾向于微观、内省。如果能用"豪放"表述惠特曼诗风的主要特征,也许可以说狄金森的艺术气质近乎"婉约"。

但是,她有时也会唱出这样的壮歌:

我的信念大于山——
所以,山崩了——
定会接过紫红轮盘
为太阳,引道——
……
我岂敢,吝惜这
关系重大的信念——
免得天塌,是由于我——
箍上的铆钉折断—— (766)

他们所处的时代,在社会思想上是清教主义影响日趋衰微而余威犹在,文艺领域内后期浪漫主义已经气息奄奄却又无以为继,但是在政治上摆脱了殖民统治,加强了中央权力,并且在经济上解除了蓄奴制枷锁,工商业得以迅猛发展,甚至,已经开始向外扩张,日益意识到自己的存在,一种新的民族感情已经觉醒,而且正在加强。在文化上认为旧大陆月亮比新大陆月亮圆的时代也在成为过去,曾经作为前宗主国大不列颠文学支流而存在的美国文学,现在,强烈要求有自己的语言、自己的形象、自己的特征,总之,要求有自己的个性。

其实,爱默生(Ralph Waldo Emerson, 1803—1882)早在1837年就以明白无误的语言表达过这种要求:"不能永远靠外国宴席上的残羹剩菜过活""要用自己的脚走路""要讲出自己的思想",而反对"在往古的枯骨中摸索或将一代活人套进陈腐的面具"。

狄金森和惠特曼在思想感情上都和爱默生相通,都和时代精神相通。诗,在美国,从什么时候获得"现代"面貌,从什么时候有了美国气派?这两位诗人,是并立的分水岭。

狄金森的社会阅历不广,出了校门回到家门,就其主要活动内容而论,是个十足的家庭妇女。她是父亲的面包师,她父亲只爱吃她做的面包。父亲死后,母亲缠绵病榻,她和妹妹拉维妮亚都成了母亲身边更像母亲的体贴护士。但是,根据不断被研究成果更新的资料,我们已经知道,在减少外出以前,她也有过较为广泛的出游和社交活动。她和妹妹到华盛顿去看望出任国会议员的父亲,曾住在林肯就任总统前住过的宾馆,接触过政界上层的社会生活;在费拉德菲亚时,认识了著名的牧师瓦兹沃斯,还在波士顿的表妹家住过。但是,她最离不开、离开几星期就要想念的,还是艾默斯特那个家,那个家的二楼西南角上那个房间。

而且,我们还知道,狄金森幼年从3岁直到十多岁,也曾经历过家道中落的清苦生活。1833年,她祖父由于倾其全部精力和财力于艾默斯特学院,但是因为经营不善,不得不卖掉了她出生其中的那幢"家宅"——8年后,才由她父亲把它买回。

但是就其独特个性而论,狄金森从小就是她诗篇中所显现的那个狄金森。她在学校读书时,福音主义的宗教气氛弥漫于她生活和学习所在的一切空间。学校,是教会的当然领地。但学生并不当然都是基督徒。她无论如何也不能接受把自己当成"罪人"的说教,终于直到她离开这个人世也没有加入基督教会。

从20岁起,她已经在写诗。1862年,她32岁那一年,为了写诗而写信求教于在《大西洋》月刊上发表文章指导青年习作的托马斯·温特沃斯·希金森(Thomas Wentworth Higginson,1823—1911),并从此建立了终身未断的通信联系。但是希金森习惯于陈旧的维多利亚时代英诗规范,不是发现新星的伯乐。他给了她以他所能给的善意鼓励和他认为是有益的帮助,但是对于她的诗,他建议"推迟发表"。而她,竟把发表推迟到了身后。当做一个诗人已经成了她的人生抱负之后,她也不愿意让她的诗顺应流俗、任人宰割以谋求发表。正是在这种意义上,她说:

> 发表,是拍卖
> 人的心灵——
> ……
> 切不可使人的精神
> 蒙受价格的羞辱—— (709)

诗如其人;诗,即其人。狄金森的诗充分反映了她的独特个性。但是,只有个性,既不会有诗,也不会有诗人。诗的创作源泉,只能来自生活。狄金森的诗,也不例外。

狄金森自有狄金森的生活,虽然阅历不广,但是体验较深;虽然曾被接触不多的部分人称为"修女",却除了终身未嫁,像任何一个正常的女性一样,也尝味过爱的甜蜜和酸辛。

关于她的爱情故事,有多种不同的版本,最可靠的版本是她一部分闪烁其词的书信和诗篇。可以肯定的是,她爱过,她被爱过,她抱过希望,也尝味过绝望。她告诉我们:

> 我啜饮过生活的芳醇——
> 付出了什么,告诉你吧——
> 不多不少,整整一生——
> 他们说,这是市价。

> 他们称了称我的分量——
> 锱铢必较,毫厘不爽,
> 然后给了我我的生命所值——
> 一滴,幸福的琼浆!
>
> (1725)

虽然是"一滴,幸福的琼浆",对于一个敏感如狄金森的诗人,居然也成了足够开掘一番的矿藏。她直接写"爱""爱与某人""所爱"和"爱人"的诗篇,就占了1775首中的123首。

她写爱的萌动、爱的燃烧、爱的消失,有甜而不腻的喜悦、炽烈而蕴藉的吐露、苦而不酸的沉痛、绵绵难绝的长恨。爱,是她诗歌题材的重心,写来清新、别致。例如《"为什么我爱"你,先生》,她甚至能够写出难得有几个女诗人写得出的一个女人只能意会的感受:

> 他用手指摸索你的灵魂
> 像琴师抚弄琴键
> 然后,正式奏乐——
> 他使你逐渐晕眩——
> 使你脆弱的心灵准备好
> 迎接那神奇的一击——
> 以隐约的敲叩,由远而近——
> 然后,十分徐缓,容你
> 有时间,舒一口气——
> 你的头脑,泛起清凉的泡——
> 再发出,庄严的,一声,霹雳——
> 把你赤裸灵魂的头皮,剥掉——
>
> 飓风的指掌抱握住森林——

整个宇宙,一派宁静——　　　　　　　　　　(315)

现在有越来越丰富可信的研究成果证明,她对情和欲都有过真切的体验和享受。

　　她热爱自然,她以小山、日落……为她的游伴。她笼统写自然的,有34首;写花草虫鸟、一年四季、太阳、日出日落和风雨的,共有245首。

　　她写自然如写家园,她对自然界的一切"住户","丛林中美丽的居民",草原上的三叶草、红门兰,无不满怀亲切柔情,而且观察仔细,常有精致入微、准确生动的真切描绘。

　　她坚持真实,对真实有一种不妥协的忠诚。她确信:"真与美是一体。"有些平凡的景象在她笔下写来,时而惊心动魄,时而悦目怡神。其魅力就在于总能使人感受到一种无可置疑、确实存在,却又是从不曾被意识到的美。

　　日出,是像宇宙本身一样古老的题材,她却写得仿佛是崭新的最新发现,而且,有极其浓郁的"现代"感:

　　　太阳出来了
　　　它改变了世界的面貌——
　　　车辆来去匆匆,像报信的使者
　　　昨天已经古老!　　　　　　　　　　　(1148)

如果说这是一种前无古人而且是不可重复的写法,大概并不为过。

　　她爱生活和生命,直接写这一主题的就有72首。她试图多侧面、多层次、多角度地探索、解释和表达生的意义。

　　她的诗里还有引人注目的大量死亡,因为在她所接触的狭小天地里,有许多亲友邻人由于疾病、战争(内战和外战)

或贫困,先她而相继凋零。和死神打交道多了,以致连死也使她觉得"彬彬有礼",而且"亲切"。由于人世间有比死更可怕、更难忍受的事,所以,她并不畏死。

她写死亡,不同凡响,尤其和流行的感伤滥调大异其趣。既然生开始,死也就开始,她"并不害怕知道",她视死如归。1886年5月她临终前留给两个"小表妹"的最后一封遗书,只写了两个词构成的短促的一句:"归"(Called back)。——今天,我们能在艾默斯特西墓园狄金森墓碑上看到的,就只有她的"生年""归年",而没有"卒年"。

她的死亡诗很有点"一死生、齐彭殇"的味道,却又不完全是,因为她虽不畏死,却更眷恋生活,一想到生活,就使她"心醉神迷"。她写死亡,甚至写死后的"体验",往往是幽默和诙谐压倒了感伤:

> 因为我不能停步等候死神——
> 他殷勤停车接我—— (712)

又如:

> 正是去年此时,我死去。
> 我知道,我听见了玉蜀黍,
> 当我从农场的田野被抬过——
> 玉蜀黍的缨穗已经吐出——
> ……
> 我不知还有谁会思念我,
> 而当感恩节来临时,父亲
> 会不会多做几样菜——
> 同样给我分一份—— (445)

而诙谐和幽默,倒确实是狄金森诗作的重要特色之一。

早年,体现了她的开朗和黠慧;晚年,则反映着痛苦咀嚼得太久之后的回甘,再加上一份屡遭不幸所冶炼出来的坚韧——不仅是嘲讽丑恶的剑,而且是对抗横逆、维护生存的盾。

她的思辨能力和想象力一样强,她写哲理,精辟深邃,耐人寻味,警句连篇。她主张:

要说出全部真理,但不能直说

成功之道,在迂回

……

真理的强光必须逐渐释放

否则,人们会失明——　　　　　　　　　　(1129)

也许正因为信奉这种原理,并且认为"我们能猜的谜/我们很快鄙弃",再加上在文字上力求简洁凝练,她有些被称为"电报体"的哲理诗,跳跃大,转折多,取譬远而奇,会使读者难以追寻她如风似电的思路轨迹,而显得晦涩费解。

一般情况下,她的理念总是带有可感知的特征,总是以有尺寸、有音响、有色彩、有质感的形体出现。例如:"希望是个有羽毛的东西",会飞,会唱,有体温,栖息在人们心底。但也有些诗,几乎就是赤裸的理念本体:

有两个可能

有一个必然

还有,一个应该。

无限的折中

是我愿!　　　　　　　　　　　　　　　(1618)

似乎是几个情态动词的排列组合,却实在是足以引起无限生动联想的抽象。一个赤条条的真理,像一个全裸的维纳斯或一丝不挂的大卫,突然呈现在你面前,你能木然、无动于衷?你能不感觉到某种伴随着快感的启示和伴随着启示的快感吗?

狄金森的诗使我们懂得,最好不要给诗下太狭隘的定义;同时也提醒我们,不要轻易给她贴某一种特定的标签。

当然,上文所引,绝算不得这类诗的最佳样品。在这类诗中,有更可爱、更耐人咀嚼的:

> 篱笆那边——
> 有草莓,长着——
> 我知道,如果我愿——
> 我可以爬过——
> 草莓,真甜!
>
> 可是,脏了围裙——
> 上帝一定要骂我!
> 哦,亲爱的,我猜,如果他也是个孩子——
> 他也会爬过去,如果,他能爬过! (251)

另一类,谈得较多的是上帝、天堂、永恒、不朽和信仰。这固然是她自身文化背景的某种反映——她毕竟是在浓厚的宗教气氛下成长起来的;然而在更大程度上,她常常是借宗教圣坛上的酒杯,浇自己胸中的块垒,用《圣经》的词汇和传教士的口吻发表她对人生的观感。

她的"天堂",是她"难以企及"的地方:"苹果,挂在树上/只要高不可及/对于我,就是天堂"。而"天堂"之所以"完美",是因为"现世无法为我们得到"。

"上帝",则有时是"盗贼",因为他剥夺;有时又是"银行家",他贷给幸福,牟取高利,而且终于要索回;有时,是慈爱的"父亲",在重大损失之后一再给"我"以"赔偿";有时,是"远方一位高贵的恋人";也有时,"上帝果真是个爱嫉妒的神"。

"上帝",在她笔下成了宣泄喜怒哀乐的道具。对于宗教,她写道:

有些人过安息日到教堂去——
我过安息日,留在家里—— （324）

宗教信仰难以形成又使她感到精神上无所依凭。清教主义影响和怀疑主义倾向同时并存,矛盾的心情常常跃然纸上,因为"有一星磷火,也比黑暗无光美好"。

"一星磷火"也找不到,就自己当上帝,自己创造天堂,创造太阳。这种上帝,就是诗人。其实,这也是一种信仰。爱默生就说过,人的本质不在物质,而在精神,人本身就是有限的造物主;诗人,是代表美的君主,而美的艺术目的不在模仿,而在创造。

狄金森认为,"诗人,就是他／从平凡的词义中／提炼神奇的思想",又说,诗人是"建造庙宇的工匠"。她直接写到诗人和诗的,有十几首。她早期曾写过类似于瓦伦丁节日戏谑诗如《醒来,九位缪斯……》那样的东西,但是当她认真对待时,她追求"活的""能呼吸""有生命"的诗。

从什么时候起,她决心写这样的诗,立志当这样的诗人,准确的年月已不可考。我们只知道,1862年是她创作欲最旺盛的一年,这一年她写了366首。她弃绝社交的理由,除了与爱情受挫有关,似乎可以认为,至少有一个是写诗。她回避那些会以他们的谈吐使"我的狗也感到难堪"的男男女女,而宁愿以诗为伴侣。

> 灵魂选择自己的伴侣——
> 然后,把门紧闭——
> 她神圣的多数——
> 再不容介入—— （303）

通读全集,不能不赞叹她在有限天地里的广阔视野。她有效地利用了有限的直接经验,她接触到和接触过的一切,她无不采撷入诗。家务劳动可以提供素材,学校生活是另一个源泉,以致她会写出上帝"在天上那漂亮的教室里"之类的句子。

因为读过不少书,她可以骑乘"一页跳跃着的诗行"奔骤驰骋,也可以凭书本赋予的"翅膀"飞天巡航。她以丰富的书本知识和特异的想象力来弥补阅历:

> 要造就一片草原,只需一株苜蓿一只蜂,
> 一株苜蓿,一只蜂,
> 再加上白日梦。
> 有白日梦也就够了,
> 如果找不到蜂。 （1755）

她的视线并未局限于她自我禁闭的象牙之塔和狭隘的自我探索。虽然应该承认,她果然是描绘灵魂世界风景画的丹青妙手:人类灵魂里应有的,她的笔下几乎尽有。于是,也就必然包括某些晦暗、低沉的色彩和情调。

通过阅读报刊,她也关怀家院以外的天地,而不乏刺时之作。她那个政治和经济实力不断膨胀的国家,已经从"希望

的国土"逐渐在某些方面展现出美好理想幻灭的迹象。她曾在一封信里写道:"请原谅我在一个疯狂世界里的清醒。"

她抨击"议会是根没有骨髓的骨头";她指斥大人先生们的"信义是一种精致的虚构";她反对诸如此类民主外衣下的不民主,"真知灼见"服从"僵化的痴癫"的畸态。但是她并非不爱她的国家。她也关心国家命运,甚至议论国际纠纷。她有一首诗讥评"大不列颠不喜欢那些星星",表现了一种民族自豪和爱国热情:

> 我的国家不必更换服装,
> 那三件一套的十分漂亮
> 依旧像在列克星敦裁制成,
> 第一次说"合身"时一样。 （1511）

狄金森的创作盛期恰与南北战争同时,有800首是在这场以废除蓄奴制告终的内战进行期间写成的。她没有正面写她不熟悉的战争,但也不回避战争。"成功的滋味最甜""胜利到来已晚",显然有战火的烙印。

狄金森之所以会被她死后将近30年才出现的意象派诗人视为先驱,是因为她的诗,应该说是到那时已经公开发表的那一部分,较之意象派共同信条起草人的作品更符合他们的信条。一般情况下,她都使用普通人使用的口语,包括新英格兰地区的方言;但她有时也使用生僻、古奥的词汇,镶嵌科学术语,运用商界行话和宗教词汇,或是把拉丁语源的抽象词和盎格鲁-撒克逊语源的实体词组合在一起,以增强语言的表现力。她的语言,一扫铅华,不事雕饰,质朴清新,有一种"粗糙美",有时又如小儿学语而有一种幼稚的魅力。

在韵律方面,她基本上采用四行一节,抑扬格四音步与三音步相间,偶数行押脚韵的赞美诗体。但是,这种简单的形式,她运用起来千变万化,既不完全拘泥音步,也不勉强凑韵,押韵也多押近似的"半韵"或"邻韵",有时干脆无韵,实际上已经发展成一种具有松散格律的自由体。

她对题材的选择,可以说有绝对的自由。在她的笔下,有取舍,无禁忌;局限只在于她本身直接经验的狭隘,特别是在长时期的自我幽禁之后,同外界的接触几乎断绝,她的思考日趋内向。

她的诗,如前所述,大多使用意象语言。她所塑造的意象,有一部分,可以认为坚实而清晰,较之后来一些意象派诗人完全排斥理念的"意象"更有深度而且丰满。但是,她的哲理警句诗却以机智、含蓄见长,而且不避抽象。

对于凝练的追求,狄金森的成就更为一般诗人难以企及。她总是力求用一种露珠般凝缩而闪光的语言表达或包容她的思想。她甚至为了获得简洁而不惜牺牲完整。显然,意象派的信条概括不了狄金森诗作的艺术特征。从狄金森的作品中,几乎可以找得出现代主义各种流派的原始萌蘖。

狄金森和惠特曼,上承浪漫主义余绪,在他们不少作品中的表现毋庸讳言;下开现代主义先河,已经得到一致公认。

在师承狄金森的诗人群中,不仅有那些一度集合在意象主义旗帜下,后来分道扬镳而自立门户的诗人,如艾兹拉·庞德(Ezra Pound)、艾米·洛厄尔(Amy Lowell),以及尊她为"守护神"的所谓"乡土诗人"威廉·卡洛斯·威廉斯(William Carlos Williams)等人,而且还包括素有美国"普通人民诗人"之称的卡尔·桑德堡(Carl Sandberg)。桑德堡的诗,一眼看去,确实可以认为是惠特曼的嫡系传人,但是他自己却承认,他得之于狄金森多过得之于惠特曼。

我们不能指望她的诗作篇篇锦绣,甚至应该预计到,大多是作为半成品的手稿遗留下来的1775首诗作,会有任何一个大家也难免会有的败笔和缺陷。但是,既经历史承认,当然不乏珠玑玛瑙。狄金森,在美国评论界已经成为竞相研究的课题,甚至在中国,也成为越来越多学位论文的题目,绝非偶然。艾米莉·狄金森的诗,是美国人民的珍宝,也是世界人民的共同财富。

到1998年R.W.富兰克林经过进一步的编年考证编订的《艾米莉·狄金森诗集》问世,人们所知的狄金森诗,共有1789首。而所增加的数量,并不是1789首与1775首之间的简单差额,而是由于富兰克林根据自己的考证,把他认为以前是拼接错了的拆开,把误收的剔除,再把以往不认为是诗的两行当作诗篇收入。

2008年10月,我访问了艾默斯特,艾默斯特学院是东道主,承蒙他们好意,把我的住处安排在正街(Main Street)东端南侧居家式的"艾默斯特旅店"(Amherst Inn),正好和狄金森家的"家宅"(Homestead)和"长青居"(Evergreens)隔街相望。"家宅"已经被设置成"狄金森博物馆",相邻的"长青居",2011年,估计也已经作为博物馆的一部分对外开放。果然,正像王蒙告诉我的,我的中文译本《狄金森诗选》陈列在众多文种译本的中央。应馆长之请,我在译本上签了名。

此行留下印象最深的,除了艾默斯特学院图书馆和琼斯图书馆的特藏,就要说是艾默斯特的书店了。从那家书店所陈列和出售的有关于狄金森的传记、论著、资料和文学作品种类之繁、数量之多可以看到,狄金森研究在美国的声势及研究成果的丰硕。其共同的特点是,所据多为第一手资料,作者多有独创的观点和方法。当你见到《狄金森:意想不到的佛家》,作者在序言中甚至称她为"艾默斯特的菩萨",一定会感到奇怪和怀疑,但是,读过之后,你会承认,不无道理,成一家言。

我们现在知道,狄金森曾有"艾默斯特修女"之称,只是部分人的片面印象和个别人的渲染,像她妹妹一样,错过了婚嫁好芳华,都是由于父亲太爱女儿,看不上登门求婚的年轻人,姐妹俩终老独身,却并未妨碍她们体验正常女人所能体验的全部生命过程。

1932年,艾米莉的侄女玛莎在《面对面》一书中初次透露她姑姑曾和有妇之夫有过秘密恋情,曾使世人吃惊,却有真实的情书、情诗为证。晚年,和年长二十多岁、丧妻不久的洛德法官从交换情书开始,也有过一段甜蜜的准婚姻生活。事实上,她也留下了一些涉及性爱欢乐的诗篇。世界上居然有人批评狄金森放荡,那是洛德法官仅有的晚辈——他的侄女,唯恐洛德再婚影响她可能的遗产继承。

我们还知道,现在我们所读到的狄金森诗歌和书信,可能遭受过保护私人隐秘的涂抹或隐匿,特别是书信。读狄金森还会使我情不自禁想到,如果她受教育的学校实行文理分科,狄金森就很可能成不了我们今日得见的狄金森。而读到相关的论著,又不能不惊叹狄金森其人精神境界的渊深、其诗内涵的丰富,经得起多种理论、多种角度的探究和解读。

狄金森的诗,使用大量的倾斜短划,以表达停顿、过渡、跳跃、省略成分,或者只是为了造成韵律上的起伏跌宕。译文只保留了行末的短划;行内的,均以逗点代替。

选译本译自托马斯·H.约翰逊编的《艾米莉·狄金森诗集》，译文右上角的数字，是约翰逊所加的序号，左下角是约翰逊主要根据手稿笔迹变化判断的创作年代，右下角为第一次公开发表的年代。

原诗，除少数例外，均无题，译文权以首行代题。

附录书简，选译自托马斯·H.约翰逊和西奥多拉·沃尔德合编的《艾米莉·狄金森书信集》，序号为原编者所加。

卷首所用艾米莉·狄金森像，为女诗人摄于1847年的银版照相，当时她年方十七。

江　枫

醒来,九位缪斯…… 1

1850年瓦伦丁周

醒来,九位缪斯,请为我唱神圣的一曲,
请用庄严的藤蔓缠束我这瓦伦丁节情书!①

创造世界是为了恋人,姑娘和痴心的情郎,
为了相思,温柔的耳语,合为一体的一双。
在陆地,在海洋,在空中,万物都在求爱,
上帝从不制造孤单,你却独活在他的世界!
一个新娘,一个新郎,两个,成为一对,
亚当,和夏娃结偶,月亮,和太阳匹配。
生活已证明这条箴言,谁听从谁有幸福,
谁不向这君王臣服,将吊死在命运之树。
高的,寻找矮的,伟大的,寻找渺小,

---

① 瓦伦丁节(2月14日),亦称情人节,以3世纪罗马基督教殉教者瓦伦丁命名。按习俗,这一天寄给异性朋友(不一定真是意中人)以表爱情或只是为了戏谑的书信、贺节卡、图片或礼物,亦称瓦伦丁。信多诙谐之词,均匿名寄出。这首瓦伦丁诗是艾米莉寄给她哥哥的同班同学戈尔德的,署名C。诗中六位姑娘均确有其人,"卷头发的她",就是年方十九的艾米莉自己,苏珊是她未来的嫂子。

在这美妙的地球,谁寻找,谁能找到。
蜜蜂向花求爱,鲜花接受了他的求婚,
他们举行喜庆仪式,绿叶是祝贺的宾朋。
清风和树枝调情,赢得了树枝的欢心,
舐犊情深的父亲,为儿子向姑娘求亲。
狂风暴雨驰驱于海滨,把哀歌悲声吟唱,
大海波涛,睁大忧郁的眼睛,遥望月亮,
他们的精神与精神相遇,他们庄严盟誓,
他,不再哀声叹息,她,悲伤也告消失。
蛆虫向凡人求婚,死亡要娶活的新娘,
黑夜,嫁给白昼,黎明,和黄昏成双;
大地是个风流小姐,苍天是忠贞的骑士,
大地颇爱卖弄风情,向她求婚未必合适。
箴言,对你也适用,现在就点你的大名,
要对你作一番权衡,同时指引你的灵魂:
你是人间的独奏演员,冷漠而且寂寞,
不会有亲密的伴侣,你这是自食其果。
难道不觉得,寂静的时刻,过分漫长,
哀思的打击沉重,为何哭泣而不歌唱?
这里,莎拉、艾丽莎和艾默琳多么美啊,
还有、哈莉特、苏珊,还有卷头发的她!
你的双眼瞎得可悲,却仍然可以看见
六位真纯、秀丽的姑娘,坐在树干上面;
小心,走到树下,再勇敢,往树上攀,
捉住你心爱的一位,不必介意时间空间!
然后带她到绿林深处,为她把新房建造,

送给她,她要的珠宝、鲜花,或小鸟——
带来横笛,敲响小鼓,吹奏起喇叭——
向世界问声好,走进那容光焕发的新家!

1850   1894

另有一片天空 2

另有一片天空,
永远安恬明媚,
另有一种阳光,
即便是在黑夜;
别担心叶落,奥斯汀,①
别担心田野沉寂——
这里有座小林,
林中树叶常青;
有更美的花园,
从不出现霜晶;
香花四季不谢
常有蜜蜂营营;
请吧,我的兄长,
来访我的园林!

1851   1894

---

① 奥斯汀为艾米莉之兄。艾米莉在学校曾编手抄本刊物《林叶》。

在这神奇的海上　4

在这神奇的海上
默默地启碇扬帆,
嚯,领航,嚯!
你果真知道
没有狂涛怒卷
没有风暴的彼岸?

安详宁静的西方
有许许多多航船——
安稳地碇泊休息——
我正领你前往——
登陆吧!永生!
嚯,终于到岸!

1853　　　　　　　　　　　　　　1896

穿过小径,穿过荆棘 9

穿过小径,穿过荆棘——
穿过丛林和林间空地——
在寂静的路上,绿林好汉
常在我们身边来去。

鸱鸮迷惑不解地俯视——
豺狼好奇得目不转睛——
蛇的绸缎般身躯
在一旁悄悄滑行——

暴风雨触摸我们的衣裳——
雷电扬起闪的利剑——
饥饿的兀鹰在巉岩
发出凶猛的嘶喊——

山林神以手指相召——
幽谷传来朦胧的呼唤"回来啊"——
这些就是那些伙伴——
这条就是那条路

孩子们急忙回家。

约 1858　　　　　　　　　　　　　　　1924

晨曦比以往更柔和　12

晨曦比以往更柔和——
毛栗正变为深棕——
浆果的脸颊更加丰满——
玫瑰已离开小镇。

原野穿起鲜红衣衫——
枫树披上艳丽的头巾——
为了不显得古板
我别了一枚别针。

约 1858　　　　　　　　　　　　　　1890

我们输,因为我们赢过 21

我们输,因为我们赢过——
记住赢的赌徒,又一次
把他们的骰子投掷!

约 1858   1945

我有一枚金几尼[①] 23

我有一枚金几尼——
被我失落在沙滩上——
尽管数额并不大
尽管我还有许多镑——
在我节俭的心目中——
仍然不能不介意——
以至为了找不见——
坐在地上长叹息。

我有一只红胸知更鸟——
经常整天唱歌曲
森林染得绯红时,
他向远方飞了去——
时间带来新的知更鸟——
他们的新曲似旧曲——
我仍为失去的行吟诗人
守在家里不出去。

---

① 几尼,旧时英国的金币。

天上有我一颗星——
"普列亚德"是它的名——
偶然一时不留意，
它的行踪难找寻
天空虽然很拥挤——
光辉灿烂彻夜明——
我却丝毫不关心——
没有一颗是我的星。

我的故事有寓意——
有个朋友已失去——
"普列亚德"、知更和金几尼，
都是些名称，为他取。
当我含着眼泪唱——
唱出的这首伤心曲
传到远方的土地上——
和那负心人相遇时
但愿深沉的愧疚
永远纠缠他心底——
愿他在这世界上
永不安宁无慰藉。

约 1858　　　　　　　　　　1896

她已长眠在一棵树下　25

　　她已长眠在一棵树下——
　　只有我还思念着她。
　　把她宁静的床榻触动——
　　她辨出了我的脚步声——
　　看啊,她穿上了衣衫
　　　　一派红艳!

约 1858　　　　　　　　　　　　1896

但愿我是,你的夏季 31

但愿我是,你的夏季
当夏季的日子插翅飞去!
我依旧是你耳边的音乐
当夜莺和黄鹂精疲力竭!

为你开花,逃出墓地
让我的花开得成行成列!
请采撷我吧——
　秋牡丹——
你的花,永远是你的!

约 1858　　　　　　　　　　　　1896

如果记住就是忘却　33

如果记住就是忘却,
我将不再回忆
如果忘却就是记住,
我多么接近于忘却。
如果相思,是娱乐,
而哀悼,是喜悦,
那些手指何等欢快,今天
采撷到了这些!

约 1858　　　　　　　　　　　　　　　　1894

花冠,可以献给女王　34

花冠,可以献给女王——
月桂——献给卓越的
灵魂,或剑。
啊,但是赠给我——
啊,但是赠给你——
豪侠的自然——
慈善的自然——
公正的自然——
请规定,用玫瑰!

约 1858　　　　　　　　　　　　1945

没有人认识这朵玫瑰　35

没有人认识这朵玫瑰——
它很可能漂泊流离
若不是我从路旁拾取
把它捧起,奉献给你
仅有一只蜜蜂会思念——
仅有一只,蝴蝶,
从远方旅行匆匆归来——
在它的胸脯,息歇——
仅有一只小鸟会惊异——
仅有一阵轻风会叹息——
像你这样的小玫瑰——
凋零,多么容易!

约 1858　　　　　　　　　　　　　　　1891

当我算计着那些种子　40

当我算计着那些种子
撒在地下的那些,
不久会鲜花怒放——

当我默记着那些人
躺卧得那么低下,
被认为高在天上——

当我相信那座林园
那凡人看不见的——
凭信仰采撷它的花
躲避它的蜂,我就能
放过这个夏季,毫不勉强。

约 1858　　　　　　　　　　　1945

我掠夺过树林　41

我掠夺过树林——
那信任一切的树林。
那些不知怀疑的树
捧出苔藓和刺果，
供我欣赏，使我快乐。
我打量他们珍奇的首饰——
我伸手抓，我带了回去——
那庄严的铁杉会怎么说——
那橡树会怎么说？

约 1858　　　　　　　　　　　　　　1955

心啊,我们把他忘记! 47

心啊,我们把他忘记!
我和你——今夜!
你可以忘掉他给的温暖——
我要把他的光忘却!

当你忘毕,请给个信息
好让我立即开始!
快!免得当你迁延
我又把他想起!

约 1858　　　　　　　　　　　　　　1896

那样重大的损失一连两次　49

那样重大的损失一连两次，
都已在泥土下边。
两次，我都像个乞丐
站在上帝门前！

天使，曾两次降临
赔偿我的损失——
盗贼！银行家——父亲！
我又一贫如洗！

约 1858　　　　　　　　　　　　　　1890

如果我不再带玫瑰花来　56

如果我不再带玫瑰花来
庆贺某个节日，
那将是因为我已被叫回
到了玫瑰那一边——

如果我不再呼唤着名字
纪念未能开放的花蕾
那将是因为死神用手指
挡住了我说话的嘴！

约 1858　　　　　　　　　　　　　　1945

成功的滋味最甜　67

成功的滋味最甜
从未成功者认为。
有急切的渴求
才能品出蜜的甘美。

今日执掌大旗的
衮衮诸公队列里
没人能像他那样真切
道出胜利的真谛

他,战败,垂死——
失聪的耳边突然响起
遥远的凯歌旋律
极端痛苦而清晰!

约 1859　　　　　　　　　　　　　　1878

"大角"是他另一个名称　70

"大角"是他另一个名称——
我宁愿叫他"星星"。
科学也太讨厌
竟干涉这类事情!

有一天,我踩死一条小虫——
一位"学者"恰巧路过——
咕哝了一声"百足","蜈蚣"!
"哦,上帝,我们多么脆弱"!

我从林中采来一朵花——
一位戴眼镜的怪物
一口气数清了雌蕊的数目——
给她分"科"归"属"!

以前我常用帽子
把蝴蝶扣住——
如今他端坐在标本箱里
忘掉了苜蓿。

曾经叫作"苍天"的
现在成了"顶空"——
时间的假面舞会散场后
我打算去的地点
可能也标上了经纬线

哪怕南北两极高兴得跳起来
头脚颠倒竖倒立！
但愿我已为"最糟"的厄运准备好——
管它发生什么恶作剧！

也许"天国"已变了样——
我希望那里的"孩子们"
在我到达时不至于太"时髦"
以至于嘲笑我，对我瞪眼睛——

我希望天上的那位父亲
愿意提携他这
古板、淘气的小姑娘——
越过珍珠镂成的大门框。

约 1859　　　　　　　　　　　　　　　　　1891

明丽的是她的帽子　72

明丽的是她的帽子，
明丽的是她的面颊，
明丽的是她的裙子，
她却已不能说话。

最好是像那雏菊
从夏季的山坡消失
没有人为她作记录
除了含泪的小溪——

除了多情的朝阳
来寻找她的面影
除了无数双脚步
在那个地方暂停。

约 1859　　　　　　　　　　　　　　1914

极乐的狂欢感受是　76

极乐的狂欢感受是
内陆灵魂向大海的飞奔,
掠过房舍,撇下地角——
投入深深的永恒——

像我们一样在山地,
成长的水手能否领会
摆脱陆地第一海里
圣神的陶醉?

约 1859　　　　　　　　　　　　　1890

我从未在听到"逃走"时　77

我从未在听到"逃走"时
不伴有脉搏的加快，
突然的企望，
飞的姿态！

我从未听说广阔的牢监
曾经被狱卒砸开，
我仍稚气地撼动铁窗
只能是又一次失败！

约 1859　　　　　　　　　　　　1891

上天堂去！　79

上天堂去！
我不知道什么时候——
请不要问我为什么！
我确实感到惊讶
想不出怎样回答！
上天堂去！
听起来多么难受！
然而一定会做到
就像羊群在夜晚
一定回到牧羊人的怀抱！

也许你也在前往！
谁知道呢？
如果你先到了
只需给我留一点空地
靠近我那两个失去的——
最小的"袍子"就合我的身
有一小顶"冠冕"也就可以——
因为你知道，我们回家

对于穿戴,从不介意——

我高兴我不相信
因为相信会使我停止呼吸——
我还要再看一看
这奇妙的大地!
我高兴他们确实相信
自从那个壮丽的秋季午后
我送他们入土的时辰
我再也没有看见他们。

1859 1891

我们的生活是瑞士　80

我们的生活是瑞士——
安静，而且冷清——
只是偶尔有个午后
阿尔卑斯忘挂帘幕
于是我们眺望远处！
意大利在那一边！①
而像边防线上的哨兵——
庄严的阿尔卑斯——
迷人的阿尔卑斯
永远，阻隔在中间！

约 1859　　　　　　　　　　　　　　1896

---

① 阿尔卑斯山横亘在寒冷的瑞士与温暖的意大利之间。意大利常被视为光明与温暖的象征。

她的胸前宜佩珍珠　84

她的胸前宜佩珍珠，
可惜我不是"潜水员"——
她的头颅宜登王座，
可惜，我没有冠冕。
她的心，宜作家室——
我，一只小麻雀——
用香甜的枝蔓，在那里
构筑我久居的巢穴。

约1859　　　　　　　　　　　　　　1894

新的脚在我花园里行走　99

新的脚在我花园里行走——
新的手指在拨弄泥土——
榆树上一位民谣歌手
歌声里有寂寞流露。

新的孩子们在绿茵上游戏——
新的困倦者在地下熟睡——
忧郁的春天依旧归来——
白雪,依旧准时飘坠!

约 1859　　　　　　　　　　　　　1890

有一门科学,学者叫它　100

有一门科学,学者叫它——
"比较解剖学"——
能使单独一块骸骨——
吐露秘密,展现出这大地,
某种罕见或已绝迹,
已化为岩石的住户——

同样,在眼睛的勘探下,
这草地温驯的小花
在冬季的某一天,
是黄金的样本,代表着
数不清的彩蝶
各种玫瑰和睡莲!

约1859　　　　　　　　　　　　　　　1929

果真会有个"黎明"? 101

果真会有个"黎明"?
是否有"天亮"这种东西?
我能否越过山头看见
如果我高与山齐?

是否像睡莲有须根?
是否像小鸟有羽毛?
是否来自著名的国家
为我从不知晓?

哦,学者! 哦,水手!
哦,天上的哪位圣人!
请告诉这小小的漂泊者
那地方何在,它叫"黎明"?

约 1859　　　　　　　　　　1891

是这样一艘小小的,小小的船　107

是这样一艘小小的,小小的船
颠荡着驶下港湾!
是这样殷勤的,殷勤的海洋
招引它,向前!

是这样热切的,热切的波浪
轻轻拍着它出航——
宏伟的巨舰绝猜不出我的小船
迷失了,方向!

约 1859　　　　　　　　　　　　　　1890

外科医生举起手术刀　108

外科医生举起手术刀
必须非常小心！
颤动在锐利锋刃下的
待决犯，是生命！

约 1859　　　　　　　　　　　　　　1891

蜜蜂对我毫不畏惧 111

蜜蜂对我毫不畏惧。
我熟识那些蝴蝶
丛林中美丽的居民
待我都十分亲切——

我来时溪流笑声更亮——
清风嬉戏更加狂放,
为什么你的白银使我目迷,
哦,夏季的阳光?

约 1859　　　　　　　　　　1890

我们有一份黑夜要忍受　113

我们有一份黑夜要忍受——
我们有一份黎明——
我们有一份欢乐的空白要填充
我们有一份憎恨——

这里一颗星,那里一颗星,
有些,迷失了方向!
这里一团雾,那里一团雾,
然后,阳光!

约 1859　　　　　　　　　　　　　　　　1890

这是什么旅店　115

这是什么旅店
供特殊的旅客
歇宿过夜？
店东家是谁？
女仆在哪里？
哦,多怪的房间！
没有彤红的炉火——
没有溢酒的杯盏——
关亡人！店东家！
谁,在那下边？

约1859　　　　　　　　　　　　1891

呐喊着鏖战固然非常勇敢　126

呐喊着鏖战固然非常勇敢——
我却知道,
攻击内心苦恼的骑兵
更加英豪。

战胜,不会有举国欢庆,
倒下,不会有人发现,
不会有人以爱国的热忱注视他
闭合的眼帘。

我们相信,白衣天使
会举行盛大游行——
步伐整齐,队列庄严
向这样的战士致敬。

约 1859　　　　　　　　　　　　1890

在诗人歌咏的秋季以外　131

在诗人歌咏的秋季以外
还有散文式的几天
略微在白雪这一侧
已经是雾气那一边——

几个锋利的清晨——
几个禁欲的黄昏——
去了,布莱恩特先生的"黄花"——
汤姆逊先生的"稻捆"

安静下来了,溪涧的喧嚣——
关闭了,芳香的阀门——
催眠的手指轻轻抚摸着
多少小精灵的眼睛——

也许会有个松鼠留下——
分享我忧郁的情思——
哦主,赐给我阳光灿烂的心吧——

以承受你劲风的意志!

约 1859   1891

泥土是唯一的秘密　153

泥土是唯一的秘密——
死亡,是仅有的一个
你无法从他的"家乡"
查出他的全部情况。

没有人认识"他的父亲"——
他从不是一个"孩子"——
没有任何游戏伴侣,
也没有"早年的历史"——

勤奋！言语简洁！
守时！严肃稳重！
像盗匪一样放肆！
比小河流水安静！

像飞禽,他也垒窝！
他的巢常被基督洗劫——
一只又一只知更鸟

偷偷溜进去安息!

约 1860   1914

就要死去！死在黑夜！　　158

就要死去！死在黑夜！
会不会有谁带个亮来
好让我看清该走哪条路
前往永恒的白雪世界？

"耶稣"！耶稣哪儿去了？
都说耶稣，随时会来——
也许他不认识这屋子——
这边，耶稣，让他过来！

有人跑到大门口去看
多莉是否来了！等等！①
楼梯上有她的脚步声！
死不能伤害，有多莉在！

约 1860　　　　　　　　　　　　　　1945

① 多莉，是女诗人妹妹拉维妮亚的小名。

我的河在向你奔来　162

我的河在向你奔来——
欢迎么？蓝色的海！
哦，慈祥的海啊——
我的河在等候回答——
我将从僻陋的源头
带给你一条条溪流——
说啊，接住我，海！

约 1860　　　　　　　　　　　　　　1890

受伤的鹿,跳得最高　165

受伤的鹿,跳得最高——
我听猎人说过——
那不过是死的极乐——
然后,制动器沉默!

被敲击的岩石迸出火花!
被践踏的钢板会弹跳!
总是显得更红的脸颊
正由于肺痨在叮咬!①

欢乐是痛苦的铠甲——
用它严密包裹好,
免得有谁见到了血
惊叫:"你受伤了!"

约 1860　　　　　　　　　　　　　　1890

---

① Hectic,潮红,由于结核病而在脸颊上形成的红色,这样的女士,有 TB Beauty 之称,意即:肺痨美人。

一个毛茸茸的家伙　173

一个毛茸茸的家伙,没有腿脚
奔走,却胜过寻常步履!
像天鹅绒的,是他的面容,
他的皮肤,暗褐色!

有时,他住在草丛!
有时,攀上高枝,从那里
穿一身长毛绒外衣
跌落上过路行人身体!

这一切,都在夏季,
但是当凉风惊动丛林居民,
他搬进锦缎的宅邸——
摇头晃脑,引线牵丝!

然后,比贵妇人更俏丽,
出现在阳春时节!
一个肩头一片华羽!
认不出往日形迹!

有人,叫他鳞翅目幼虫!
而我!我算什么,
却道出蝴蝶
有趣的秘密!

约 1860　　　　　　　　　　　　　　　　1929

如果我能用一朵玫瑰买通他们　179

如果我能用一朵玫瑰买通他们
我愿带去生长在从艾默斯特镇①
直到卡什米尔的每一朵花！
我不会停步，无论是由于黑夜，风雨——
由于严寒，死亡，或任何缘故——
我的事，如此重大！

如果他们会为一只鸟鸣而流连
我的手鼓就会顿时间
在四月的丛林中敲响！
一整个漫长的夏季永不疲倦，
而当冬季把树枝摇撼，
我只会唱得更加嘹亮奔放！

他们听见了又能怎样！
谁知道，这样一种
苦苦的祈求，会不会

---

① 艾默斯特镇，狄金森出生和长期居住的地方。

终于起点作用?
谁知道,厌倦了乞讨者的面貌——
他们会不会最后说出,够了——
把她赶出大厅?

约 1860　　　　　　　　　　　　　　　　1935

我失落一个世界,有一天! 181

我失落一个世界,有一天!
是不是有谁已经发现?
它不难辨认,它的额头上
有一圈星星。

有钱的人,不会注意——
然而,对于我俭朴的眼睛,
值得尊敬更胜于金币——
哦,找到它,帮帮我,先生!

约 1860　　　　　　　　　　1890

如果知更鸟来访　182

如果知更鸟来访
我已不再呼吸,
请给系红领结的那一位
一点怀念的面包屑。

如果我不能向你道谢,
由于沉沉酣睡,
你会知道,我在用
僵硬的嘴努力!

约 1860　　　　　　　　　　　　　1890

"信义"是一种精致的虚构 185

"信义"是一种精致的虚构
纵然,绅士们能够"看见"——
显微镜却不轻率保证
会在危急关头发现。

约 1860   1891

那时,他弱,我强 190

那时,他弱,我强——
于是他让我领他进去——
后来,我弱,他强——
于是我让他领我回家。

家不远,门就在近处——
天不黑,因为他也走了——
声不高,因为他什么也没说——
那正是我想要知道的。

白昼敲门,必须分开——
此刻,强者,谁也不是——
他争辩,我,也争辩——
尽管我们没做,那事!

约 1860   1945

苍天不能保守秘密! 191

苍天不能保守秘密!
把它告诉了青山——
青山,只告诉果园——
果园告诉黄水仙!

小鸟,偶然,飞过——
无意中听个真确——
如果我贿赂那小鸟——
谁知她会不会说?

可是我想还是不要——
还是不知道,更好——
如果,夏季是公理——
什么妖术能使雪飘?

守着秘密吧,天父!
我不想,即使我能,知道,
那些蓝宝石家伙在你

时新的世界里干些什么!

约 1860   1891

可怜的小小的心！　192

可怜的小小的心！
是他们把你忘记？
不必介意！不必介意！

高傲的小小的心！
是他们把你抛弃？
应该欢喜！应该欢喜！

脆弱的小小的心！
我不会伤害你——
相信我么？相信我么？

欢快的小小的心——
像灿烂的晨曦！
风和太阳会打扮你！

约 1860　　　　　　　　　　1896

到时候,我将知道为什么　193

到时候,我将知道为什么——
而我,已不再想要知道——
基督将逐一讲解各种痛苦
在天上那漂亮的教室里——

会告诉我"彼得"的许诺——
而我,曾想知道他的苦恼——
我将忘怀,这痛苦的一滴
正把我煎熬,正把我煎熬!

约 1860　　　　　　　　　　　　1890

我从蜜蜂家偷来的　200

我从蜜蜂家偷来的——
为了,你——
甜蜜的借口——
他宽赦了一切!

约 1860　　　　　　　　　　　　　　　1894

花,不必责备蜜蜂 206

花,不必责备蜜蜂——
寻求他的幸福
频繁地登门——

只需教会你的女仆——
再来客,就说,
女主人"外出"。

约1860　　　　　　　　　　　　　1935

如果蓝铃花为爱慕她的蜜蜂　213

　　如果蓝铃花为爱慕她的蜜蜂
　　松开她的腰带
　　蜜蜂是否还会一如既往
　　对她虔敬崇拜？

　　如果"天国"竟被说服
　　放弃珍珠的城堡——
　　伊甸能否成为伊甸，①
　　天主，仍是天主？

约 1860　　　　　　　　　　　　　　　　　　　1891

---

① 伊甸，基督教《圣经》中所说的天上乐园。

我品味未经酿造的饮料　214

从珍珠镂成的大酒杯里,
我品味未经酿造的饮料;
并非莱茵河畔所有的酒桶
都能产出这样的醇醪!①

我陶醉于清新的空气,
我豪饮那晶莹的露水,
在漫长的夏季,我常从
熔蓝的酒店蹒跚而归!

当"店主人"把酩酊的蜜蜂
驱赶出毛地黄花的门庭,
蝴蝶也不再浅酌细斟,
我却要更加大口狂饮!

直到天使摇晃着白色小帽,
和那些圣徒,奔向明窗,

---

① 欧洲莱茵河流域以产名酒著称。

争看这小小的酒徒
斜倚着太阳。

约 1860　　　　　　　　　　　　　　1861

什么是,"天堂"　215

什么是,"天堂"——
谁居住在那里——
他们是不是"农民"——
他们是否用"锄"——
他们是否知道这里是"艾默斯特"——
是否知道我也来了,正在赶路——

他们是否穿"新鞋",在"伊甸园"里——
那里,是否永远欢快——
他们是否会咒骂,如果我们想家——
是否会去告诉上帝,说我们不乖——

你是否确实相信,在天上——
有那样一个人,像是"父亲"——
以至我在那里,若是偶有失误——
或是做了保姆叫做"该死"的事情——
不会要我在"碧玉"上赤脚走路——
赎过罪的人们,不至于嘲笑我——
也许,"伊甸园"不像

新英格兰这样寂寞!①

约 1860   1945

---
① 新英格兰,美国东北部的六个州,包括狄金森家乡所在的马萨诸塞州在内。

救世主！我无处可以诉说　217

救世主！我无处可以诉说——
所以来，打搅你。
我忘掉你已经很久——
你，是否还能把我想起？
我远道而来，并非为我自己——
我的分量有限——
我带来一颗心却十分宏伟，
我已无力负担——
这颗心，装在我的心里——
以至我的心变得过分沉重——
奇怪，它的重量还在增大——
是否太大了，你难以收容？

这不可能是"夏天"！　　221

这不可能是"夏天"！
那个季节,已经过完！
要说是"春季",却又太早！
还要穿越过一座白色市镇漫长的街道——
才能听到乌鸫鸣叫！
这不可能是"死亡"！
它那颜色太艳——
死去该着素装——
就这样,晚霞用黄宝石手铐
把我的问题锁上！

约 1861　　　　　　　　　　　　　　　1891

凯蒂走路…… 222

凯蒂走路,这单纯的一对
　　陪伴在她身边,
凯蒂奔跑,他们一路跟随
　　不知疲倦,
凯蒂下跪,爱她的双手
　　仍抱着她虔诚的膝——
啊,凯蒂,可以笑对命运,
　　有这两个如此亲密!

约 1861　　　　　　　　　　　　　1931

今天,我是来买笑容的

今天,我是来买笑容的——
只不过买一点笑意——
那最小的一点在你脸面
对于我,正好合适——
那一点,别人不会思念
它的光,十分微弱——
我在"柜台"前问:先生,
是否可以,卖给我——
我有钻石,戴在手指——
你知道什么是钻石?
我有红宝石,像黄昏的血——
还有,像星星的黄玉!
这简直是犹太式的"交易"——
请问,先生,是否可以?

约 1861　　　　　　　　　　　　　　　1929

我没有别的可带,你知道 224

我没有别的可带,你知道——
所以带的总是这些——
就像黑夜总是带来星星
给我们熟悉的眼睛——

也许,我们不该在乎——
除非是他们不来——
那么,困惑我们的也许
是找到回家的路——

约 1861　　　　　　　　　　1929

天堂,为我难以企及 239

天堂,为我难以企及!
苹果,挂在树上——
只要高不可即——
对于我,就是天堂!

游动浮云上的色彩——
山后,禁止涉足的围场——
和那后面的房舍——
就是乐园,所在的地方!

约 1861　　　　　　　　　　　　　　　1896

我爱看痛苦的表情　241

我爱看痛苦的表情,
因为我知道它真实——
人们不能佯作剧痛
也不能,假装惊厥——

目光一旦呆滞,就是死——
人们无法伪造出
由衷的痛苦在额头
串起的一颗颗汗珠。

约 1861　　　　　　　　　　　　　　1890

为什么，他们把我关在天堂门外？ 248

为什么，他们把我关在天堂门外？
是我唱得，歌声太高？
但是，我也能降低音调
畏怯有如小鸟！

但愿天使们能让我再试一试——
仅仅，试这一次——
仅仅，看我，是否打搅他们——
却不要，把门紧闭！

哦，如果我是那一位
穿"白袍"的绅士——
他们，是那敲门的，小手——
我，是否会，禁止？

约 1861　　　　　　　　　　　　　　1929

暴风雨夜,暴风雨夜! 249

暴风雨夜,暴风雨夜!
我若和你同在一起,
暴风雨夜就是
豪奢的喜悦!

风,无能为力——
心,已在港内——
罗盘,不必——
海图,不必!

泛舟在伊甸园——
啊,海!
但愿我能,今夜,泊在
你的水域!

约 1861　　　　　　　　　　　　　　1891

我要不停地歌唱! 250

我要不停地歌唱!
鸟儿会超越过我
向更黄的气候飞行——①
每一只都有知更鸟的抱负——②
我,有我的红胸脯——
我有我的音韵——

晚了,要在夏季占一席位置——
但是,我会唱出更丰满的曲调——
黄昏星的歌比晨曲更美,先生——
早晨,不过是中午的幼苗——

约 1861   1935

---

① 黄:黄金的色彩,成熟的色彩。
② 知更鸟,即红胸鸟,在《如果知更鸟来访》一诗里,诗人说这鸟系着红领结。

篱笆那边 251

篱笆那边——
有草莓,长着——
我知道,如果我愿——
我可以爬过——
草莓,真甜!

可是,脏了围裙——
上帝一定要骂我!
哦,亲爱的,我猜,如果他也是个孩子——①
他也会爬过去,如果,他能爬过!

约 1861   1945

① 有人说 boy 只能译"男孩",这是不懂得一个词只有在确定的语境中语义才是确定的,这个词甚至可译:儿子、士兵、伙计、家伙、仆役,等等。当对方的性别确知为男时,比如说上帝,在 if He were a Boy 的句子中,指称上帝的人称代词用 He,说他如果是个 Boy,这个 Boy 则只能译"孩子",译"男孩"就会是个修辞性败笔。有人说这首诗是对于男女不平等的抗议,仅有的根据只是有两个外国人这样说。但是没有一个真正的学者,无论是中国还是外国的学者,会这样说。因为即使译为"男孩",也改变不了:男孩爬过去弄脏了裤子照样要挨骂。那道篱笆对男对女一视同仁,只有上帝除外。她确实抗议不平等、抗议特权,但抗议的是对上帝的不平等和上帝享有的特权。

"希望"是个有羽毛的东西　254

"希望"是个有羽毛的东西——
它栖息在灵魂里——
唱没有歌词的歌曲——
永远,不会停息——

在暴风中,听来,最美——
令人痛心的是这样的风暴——
它甚至能窘困那温暖着
多少人的小鸟——

我曾在最陌生的海上——
在最寒冷的陆地,听到——
它却从不向我索取
些微的,面包。

约 1861　　　　　　　　　　　　　　　1891

死去,只需片刻 255

死去,只需片刻——
据说,并不痛苦——
只是逐渐,逐渐昏迷——
然后,视力全无——

系一天黑色缎带——
帽上佩戴服丧标志——
然后,美丽的阳光照耀——
帮助我们忘记——

离去的神秘的那一位——
若不是由于我们的爱——
已经在睡最香甜的一觉——
再不知困倦疲惫——

约 1861   1935

在冬季的午后   258

在冬季的午后,
有一种斜射的光——
令人压抑,像有
教堂乐声的重量——

我们受神圣的伤——
痕迹无从寻觅,
心情的变化,
蕴涵着真意——

没有人能讲解——
这是绝望的印章——
庄严的折磨
来自天上——

它来时,山水谛听——
阴影屏息——
它去时,邈不可及

像遥望死亡的距离——

约 1861   1890

晚安,是谁吹灭了烛光? 259

晚安,是谁吹灭了烛光?
无疑,是嫉妒的风——
啊,朋友,你不会理解
天使们在那烛芯上
曾辛勤工作了多久——
此刻,却由于你而熄灭!

它原本可能,成为一位
暗夜漂泊的水手
苦盼着的灯塔火星!
它原本可能,是渐暗的灯——
会唤醒营地鼓手敲响
纯洁的起床鼓声!

约 1861　　　　　　　　　　　　1891

他用皮带捆绑我的生命　273

他用皮带捆绑我的生命——
我听到呱嗒一声搭扣扣紧——
然后转过身去,俨然王者,
折叠上我的有生之年——
仔细谨慎,像王公对待
一份王国的领有权证——
从此,归属献身的一类——
成为如云随从的一员。

却不能远得听不见召唤——
干点那小小的劳务
与休息,形成循环——
给屈尊注意到我的生命——
好心邀约它的那些生命
也偶尔露一露笑容——
知道吗,谁的邀请,
为了谁,我该谢绝?

约1861　　　　　　　　　　　　1891

我见过的唯一鬼魂　274

我见过的唯一鬼魂
衣服镶着梅克林花边——①
脚上不曾穿鞋——
走路如同雪片——

如同小鸟,步履无声——
但是迅疾,有如鹿奔——
他装扮得古怪,有如镶嵌——
也许,像槲寄生——

他难得讲话——
他的笑,像风——
起伏如同涟漪
消失在抑郁的林中——

我们相遇十分短暂——
他对我,自感羞惭——

---

① 梅克林,比利时城市,以产花边著名。

自从那骇人的一天——
上帝禁止我回头看!

约 1861 1891

怀疑我！我隐晦的伴侣！ 275

怀疑我！我隐晦的伴侣！
为什么，上帝，也会满足于
只是生命小小的一部分——
为你而倾注，毫不吝惜——
我的生命全部，永不停息——
这个女人还能够做点什么，
快说，我就可以给你
以我所有最后的欢愉！

那不可能是我的精神——
因为那是你的，以前——
我已放弃所知的全部尘埃——
我，一个长雀斑的姑娘
还能有什么别的财富，
她最遥远的向往
只是，但愿能够
在某个遥远的天堂，
羞怯地和你，住在一起！

请仔细审查,从头到脚底!
我努力承受直到你最后的——
猜疑,像一张挂毯,
在火的眼睛前落下——
筛掉她最细微的痴情——
但是公正敬重神圣的白雪
永恒的雪,完好无损——
吹毛求疵的人啊为了你!

约 1861　　　　　　　　　　1890

英语有许多词组 276

英语有许多词组——
我只听见一句——
轻柔,有如蟋蟀的笑,
洪亮,有如雷霆的话语——

低沉,有如古老里海的合唱,①
当晚潮开始催眠——
用一种新的变音说出——
有如一只夜航的鹰——

以优美动听的拼音
闯入我单纯的梦境——
轰鸣着它的希冀——
直到我惊醒,哭泣——

不是由于使我苦恼——
而是由于强大的欢欣——

---

① 里海,位于欧亚大陆之间。

请再说一遍,撒克逊!①
嘘! 只对我一人!

约 1861　　　　　　　　　　　　　　　1935

---

① 撒克逊,亦作"英语"。

那将怎样,如果我说我不再等待! 277

那将怎样,如果我说我不再等待!
那将怎样,如果我冲开肉体的闸门——
逃走,向你奔去!

那将怎样,如果我锉掉这凡人的躯壳——
看看哪里被它伤害,也就够了——
然后跨入自由的天地!

他们,再也,拿不住我!
城堡会呼叫,枪炮会恳求——
这时,对于我,已毫无意义——

就像,一小时以前的,笑——
或是花边,或是巡回演出——
或是有谁,昨天死掉!

约 1861   1891

知更鸟是我评判乐曲的标准

知更鸟是我评判乐曲的标准——
因为我生长在知更鸟生长的地方——
但是,如果我生来是只杜鹃——
我要凭他的名义起誓——
他那熟悉的歌是最美的歌曲——
金凤花,是我理想的花——
因为我们都在果园中萌发——
但是,如果我生长在不列颠
我会把雏菊一脚踢出老远——
只有毛栗,适合十月——
因为,通过它的坠落
季节掠过,有人这样教我——
没有白雪覆盖的大地
对于我,冬季就是假的——
因为我以新英格兰方式看待一切——
女王衡量事物,也像我——
用自己家乡的尺子——

约 1861　　　　　　　　　　　1929

我是无名之辈,你是谁? 288

我是无名之辈,你是谁?
你,也是,无名之辈?
这就有了我们一对! 可是别声张!
你知道,他们会大肆张扬!

做个,显要人物,好不无聊!
像个青蛙,向仰慕的泥沼——
在整个的六月,把个人的姓名——
聒噪——何等招摇!

约 1861　　　　　　　　　　　　　　1891

单独,我不能 298

单独,我不能——
来访,总不断——
不留记录的宾客——
为难坏了门键——

他们不穿衣袍,没有处所——
不用历书,没有姓名——
只有普通的家世
像精灵——

他们来了,我也许知道
内部信使会传报消息——
他们离去,我从不知晓——
因为,他们从不离去——

约 1861   1932

像一种老式奇迹剧 302

像一种老式奇迹剧
当夏季的时光完毕——
对夏季的回忆
和六月的往事

像无尽无休的传奇
像绿林中的小个子约翰——
像灰姑娘的栗色马——
像蓝胡子的那些房间——

她的蜂有虚幻的哼鸣——
她的花,如梦——
使我们欣喜,以至几乎流泪——
他们如此逼真——

回忆她似重温歌曲——
当乐队寂静无声——
小提琴放回琴匣——

耳朵和苍天都麻木僵硬——

约 1862   1914

灵魂选择自己的伴侣 303

灵魂选择自己的伴侣——
然后,把门紧闭——
她神圣的多数——
再不容介入——①

无动于衷,发现车辇,停在——
她低矮的门前——
无动于衷,
一位皇帝,跪倒,在她的席垫——

我知道她,从人口众多的整个民族——
选中了一个——
从此,封闭关心的阀门——

① 以上两行,亦可译为:
　　神圣的多数对于她——
　　再没有意义——
　也可译:
　　她神圣的决定——
　　再不容干预——

像块石头——

约 1862　　　　　　　　　　　　　　1890

白昼行动迟缓,直到五点　304

白昼行动迟缓,直到五点——
才跳到山前
像耽搁了的红宝石,也像毛瑟枪火光——
突然喷溅——

紫红不能长久占有东方
朝阳到处摇撼
像黑夜包裹起来的,晶莹黄玉——
刚被那位夫人展现——

欢乐的风,带着铃鼓——
小鸟,满怀柔情蜜意
围绕着她们的王子排列成行——
风,是她们的王子——

果园像犹太人,珠光宝气——
好不令人神往,
做客在这宏伟的场地——

白昼的,厅堂——

约 1862   1891

绝望有别于   305

绝望有别于
恐惧,犹如
失事的一瞬——
和失事已经发生——

心地平静——
满足,犹如
塑像上的眼睛——
它知道,欲看不能——

约 1862   1914

它通过铅筛筛下　311

它通过铅筛筛下——
给所有的树木扑粉。
用洁白的羊毛
填平道路的皱纹——

使山峦和平原
都有一副平坦的面容——
额头连绵不断,从东
又延续到东——

延伸到栅栏时——
把栏杆包裹在羊毛下
直到原形失去影踪——
它把天国的轻纱

覆盖起残梗、断秸、草堆——
夏季遗留下的空屋——
秋收过后的田亩,
除了根茬,不留丝毫记录——

它给立柱脚踝镶上羽绒
像装饰女王的脚腕——
再让它的工匠们安静——
不承认出现过,像幽灵——

约 1862　　　　　　　　　　　　　　1891

自然,有时会使一株幼苗枯萎　314

自然,有时会使一株幼苗枯萎——
有时,剥掉一棵大树的头皮——
他绿色的子民都记得
当他们还没有死去——

叶片逐渐黯淡,默默地证实——
季节与季节交替——
而我们,有灵魂的族类——
常常死得,不像这样富有生气——

约 1862　　　　　　　　　　　　　1945

他用手指摸索你的灵魂　315

他用手指摸索你的灵魂
像琴师抚弄琴键
然后,正式奏乐——
他使你逐渐晕眩——
使你脆弱的心灵准备好
迎接那神奇的一击
以隐约的敲叩,由远而近——
然后,十分徐缓,容你
有时间,舒一口气——
你的头脑,泛起清凉的泡——
再发出,庄严的,一声,霹雳——
把你赤裸灵魂的头皮,剥掉——

飓风的指掌抱握住森林——
整个宇宙,一片宁静——

约 1862　　　　　　　　　　　　1896

这风不是来自果园,今天　316

这风不是来自果园,今天
来得更远——
不曾停步和干草嬉戏——
不曾掀动帽檐——
他是个喜怒无常的家伙——
名不虚传——

如果他在门口留下一枚针球果
我们就知道他是从枞树上爬过的——
但是枞树在哪里,说吧——
你是不是到过那里?

如果他带来了苜蓿花香——
那是他的事,与我们无关——
那是他和割草人在一起——
在割草的香甜间隙里
消磨过他的时光——
六月的白天,他就是这样——

如果他抛掷黄沙,卵石——
残梗剩秸,小孩的帽子——
偶尔折断教堂高塔的尖顶——
粗声吼叫:"喂,快躲开",
谁会像个傻瓜留下来?
你会吗,喂——
你会像个傻瓜留下来?

约 1862　　　　　　　　　　　　　　　1932

我告诉你太阳怎样升起 318

我告诉你太阳怎样升起——
升一次,一条缎带——
塔尖在紫水晶里泳浴——
清新的景色像松鼠奔跑——
山峦摘掉她们的帽子——
食米鸟,开始鸣唱——
于是我轻声自言自语——
"那一定就是太阳"!
但我不知他怎样下落——
似乎有一道紫色阶梯
穿黄衣的小男小女
不断地向上攀去——
直到翻越过边界——
一位灰色衣袍神父——
轻轻关上黄昏栅门——
领走他那些信徒——

约1860　　　　　　　　　　　　1890

有些人过安息日到教堂去　324

有些人过安息日到教堂去——
我过安息日，留在家里——
让食米鸟充当唱诗班领唱——
礼拜厅堂是果园的园地——

有些人过安息日穿白色法衣——
我只是插上我的翅膀——
我们的小司事不为教堂敲钟，
却在我身边歌唱。

上帝赞扬，一位杰出的教士——
他布道，从不很长，
于是，省得远上天庭——
终于，我也同往。

约 1860　　　　　　　　　　　　　　　　1864

我不会用脚尖跳舞　326

我不会用脚尖跳舞——
没有人传授我技艺——
但是我的内心深处,时常
感到一阵欣喜,

如果我有跳芭蕾的知识——
我将到各地去运用
以绝妙的旋舞使舞剧团失色——
使杰出的女演员发疯,

纵然我没有华丽的服装——
头发上也没有小卷,
不会单足跳向观众,像小鸟
一只脚在半空虚悬,

不会让我在绒球中被举起——
在雪白的轮中转动
直到从舞台上消失,满堂轰鸣着
"再来一次"的喝彩声——

也没有任何人知道我懂得
我说得轻松的这门技艺——
也没有一张海报对我吹捧——
仍会像歌剧院,座无虚席。

约 1863   1929

一只小鸟沿小径走来 328

一只小鸟沿小径走来——
他不知道我在瞧——
他把一条蚯蚓啄成两段
再把这家伙生着吃掉,

然后从近旁的草叶上
吞饮下一颗露水珠——
又向墙根,侧身一跳
给一只甲虫让路——

他用受惊吓的珠子般
滴溜溜转的眼睛——
急促地看了看前后左右——
像个遇险人,小心

抖了抖他天鹅绒的头。
我给他点面包屑
他却张开翅膀,划动着
飞了回去,轻捷

胜过在海上划桨
银光里不见缝隙——
胜过蝴蝶午时从岸边跃起
游泳,却没有浪花溅激。

约1862 1891

小草很少有事可做　333

小草很少有事可做——
一片纯净的碧绿世界——
只能孵几只粉蝶
款待几只蜜蜂——

应着和风的轻快曲调
整天摇晃不停——
把阳光搂在怀里
向万物鞠躬致敬——

整夜串连露珠像串珍珠——
把自己打扮得华美脱俗
伯爵夫人也太平庸
不足以这样引人注目——

甚至当它死去,死去时
发出的气味也这样神圣——
像卑微的香料沉沉入睡——
像五加,失去生命——

然后迁居到宏伟的仓廪——
用梦把日子度过，
小草很少有事可做
但愿我是干草一束——

约 1862   1890

我知道他的存在　338

我知道他的存在
默默无声在某地——
避开凡俗的眼光
把不凡生活藏起。

这是荒诞的埋伏。
这是个瞬间游戏——
只是为了使幸福
挣得自己的惊喜!

若是这样的游戏
能证明认真严肃——
面对死神的凝视——
快乐将失去光泽——

这样的一种乐趣
是否,过分昂贵!
这样的一种玩笑——

爬行得是否太远！

约 1862　　　　　　　　　　　　　　　　1891

我戴上王冠的一天　356

我戴上王冠的一天
日子，一如往常——
直到加冕完成——
之后，才显得异样——

像煤里的碳素
和钻石的一般
煤炭却黢黑无光
不适用于冠冕——

我成长，一切平凡——
但是当那一天降临
我和它，装扮一新
同样庄严——

我被选中的恩宠——
对于我，胜过王冠
王冠证明恩宠，甚至

属于我,也只是旁证——

约 1862　　　　　　　　　　　　　　　　1935

上帝是远方一位高贵的恋人　357

上帝是远方一位高贵的恋人——
如他所说,以他的儿子求爱于世人——①
无疑,这是一种代理求婚——
"迈尔斯"和"普瑞西拉"就属于这一种——

但是免得灵魂也像美丽的"普瑞西拉"
看中了做媒的使者而踢开新人——
于是以高度夸张的狡黠,保证——
"迈尔斯"和"艾尔登",完全相等——②

约 1862　　　　　　　　　　　　　　　1891

---

① 他的儿子,即耶稣。
② 诗中提到的三个人,是朗费罗的叙事诗《迈尔斯·斯坦狄什求婚记》中的人物:艾尔登代表迈尔斯向普瑞西拉求婚,普瑞西拉却爱上了艾尔登。

我做得到的,我愿 361

我做得到的,我愿——
即使微不足道有如水仙——
我做不到的,必定
为"可能"所拒绝承认——

约 1862　　　　　　　　　　　　　　1929

她躺着仿佛在做游戏 369

她躺着仿佛在做游戏
她的生命已一跃而去——
打算回来——
不会太快——

她欢快的双臂,半垂——
好像玩累了犯困——
一瞬间忘记,即将
开始的把戏——

会跳舞的眼睛,半睁——
好像他们的主人
还在挤弄着
同你,嬉戏

她的黎明,在门口——
在盘算着,我相信——
迫使她入睡——

那么轻,那么深——

约 1862 1935

我每天都在说　373

我每天都在说
"如果明天,我当上女王"——
我一定这样做——
所以我略微,梳妆,

如果真的,醒来成了一名波旁,①
再不至于有人,鄙视我——
说,"这就是她——
昨天,还在市场上
乞讨过。"

宫廷是个庄严的地方——
我听人们说过——
所以我系上围裙,倚着宝座——
别上金凤花别针——
不至于太寒碜——
被显贵们超过。

① 波旁,曾经统治过法国、西班牙、那不勒斯与西西里的家族。

让我的舌头
栖止在,高高的枝头,唱歌——
但是这样,可能使我的短期执政
取得资格——

把常用的字眼剔出我简朴的话语
采取另一种,像我听过的——
虽然,在整个草原——
若不是蟋蟀——
若不是蜜蜂——
就不会有谁对我用过的腔调——

还是有准备的好——
免得明天一早
在阿拉贡碰见我时①
我仍穿着旧时衣袍

使冷不防被召集到
艾克塞特来的②
乡下佬,显露出
惊讶的神色——

约 1862   1935

━━━━━━━

① 阿拉贡,在西班牙境内,与法国接壤。
② 艾克塞特,在英国西南部。

我到过天堂　374

我到过天堂——
那是个小镇——
用红宝石照明——
以羽绒垫衬——

比露珠晶莹的田野——
更加安静——
像图画一样,美丽——
不经人手绘画——
人民,像飞蛾——
框架,梅克林式——
税赋,是游丝——
由绒鸭,订定——
几乎可称,满意——
如果,我能——
跻身这独一无二的
社会——

约 1862　　　　　　　　　　　1891

我当然祈祷过　376

我当然祈祷过——
上帝可曾介意?
他介意过,就像
介意一只小鸟
在空中跺着脚——
呼叫:"给我"——
我生存的理由,不曾
有过,若不是因为你——
让我留在原子的坟墓——
无忧,无用,欢快,麻木——
和这样残酷的痛苦相比——
也会是更慈悲的恩惠。

约 1862　　　　　　　　　　　　　　1929

有一种花,蜜蜂爱 380

有一种花,蜜蜂爱——
蝴蝶,想——
赢得这位红色民主派的心
是蜂鸟的,企望——

无论什么昆虫经过——
总能带走一点蜜糖——
按照他饥饿的程度
和她的,能力——

她的脸比月亮圆
红艳,胜过草原上的
红门兰——
红杜鹃——

她不等待六月
在大地泛青以前——
她健美的小脸——
就迎风,出现——

和草类相争不让——
把亲人拥在身旁——
为取得泥土和阳光的权利——
为生命从事甜蜜的诉讼——

当山峦秀色洋溢——
更新的时髦花朵开放——
不为嫉妒的痛苦
收敛她一缕芳香——

她的徒众,中午
她的上帝,太阳——
她的行踪,由蜜蜂,以庄严
不变的歌声宣扬——

最勇敢的勇士——
最后一个,退场——
从不知道失败——
即使已倒毙于寒霜——

约 1862　　　　　　　　　　1890

秘密一说出口 381

秘密一说出口——
也就,不再成为秘密——
秘密,保守者——
只能,使一个人畏惧——

最好,继续畏惧——
此外——
你,对谁说去——

约 1862　　　　　　　　　　　　1929

酷刑不能折磨我 384

酷刑不能折磨我——
我的灵魂,自由——
这凡俗的骨骼背后
有更勇敢的一个——

你不能用锯割开——
也不能用尖刀刺透——
所以,两个,结合
成一,二即飞走——

鹰巢里的雄鹰
俯冲及地——
上升天宇
不比你更有能力——

只有你自己
能与你为敌——
约束成了自觉——

便是自由——

约 1862   1890

请回答我，七月　386

请回答我，七月——
哪里是蜜蜂——
哪里是干草——
哪里是羞红的面孔？

啊，七月说——
哪里是种子——
哪里是蓓蕾——
哪里是五月——
请你，回答我——

哎，五月说——
让我看雪花——
让我看风铃——
让我看松鸦！

松鸦他问道——
哪里是玉米——
哪里是迷雾——

哪里是球果?
年说,都在这里——

约 1862 　　　　　　　　　　1935

最甜美的异端邪说认为　387

最甜美的异端邪说认为
男人和女人会知道——
彼此是否真诚信奉——
虽然是只接纳两个人的宗教——

那教堂,随处可见——
那仪式,微不足道——
对它的皈依,无可回避——
不履行,就是叛教——

约 1862　　　　　　　　　　　　　　　1929

泥土中有一位来访的客人 391

泥土中有一位来访的客人——
施影响于各色各样的花——
直到她们像成群的胸像——
像玻璃制成的那样优雅——

他常在黑夜里来临——
总在太阳将出之际——
结束他闪光的会见——
他爱抚,然后离去——

但是经他手指触动过的生命——
他奔跑时落过脚的地方——
无论什么样的嘴唇经他一吻——
都不再是以往的模样——

约 1862　　　　　　　　　　　　　1935

穿过黑暗的泥土,像经受教育　392

穿过黑暗的泥土,像经受教育——
百合花一定考试合格——
试探她洁白的脚,毫不颤抖——
她的信念,不知畏惧——

从此以后,在草地上——
摇晃她绿宝石的铃铛——
泥土中的生活,此刻,全都遗忘——
在幽谷中,欣喜若狂——

约 1862　　　　　　　　　　　　　　1929

那是爱,不是我　394

那是爱,不是我——
请吧,哦,请惩罚——
那真正的一个已为你死去——
不是我,而是他——

爱你,罪大恶极!
用刑,该重过一切——
赦免,不必考虑——
像耶稣一样,绝顶卑劣!

但愿法官不要认错——
我们俩的相貌丝毫不差——
请认准谁是罪魁——
那是他,下手吧!

约 1862　　　　　　　　　　　　1945

山岗上有一所房屋　399

山岗上有一所房屋——
车辆从不曾到过——
从不曾有死人运下来——
也不曾有小贩去售货——

他的烟囱从不冒烟——
他的窗户一早一晚——
最先承受朝晖,最后送走夕阳——
然后剩下空白的玻璃板——

他的命运只能凭猜测——
没有一家邻舍知道——
究竟怎样,我们从不议论——
因为他,从不曾相告——

约 1862　　　　　　　　　　　　　　1945

在下界,我从不感到自在　413

在下界,我从不感到自在——
在富丽堂皇的天上
我知道,也不会觉得舒畅——
我,并不喜欢天堂——

因为那里永远是做礼拜的日子——
假期,永不来到——
伊甸园一定像晴朗的星期三下午
那样寂寞、无聊——

如果上帝能够出门访友——
或是午睡一个时辰——
以至看不见我们,但是据说
他自己就是望远镜

我们长年在他眼底——
我宁愿逃得很远很远
躲开他,躲开圣灵和一切——

但是,还有"末日审判"的一天!

约 1862　　　　　　　　　　　　　　　　　　1929

就像一个漩涡,有个缺口　414

就像一个漩涡,有个缺口
每天,越来越近
不断收窄那沸腾的涡轮
直到痛苦

冷酷地玩弄你最后一息
如醉如狂的呻吟——
你终止,迷失。
当某种东西破裂——
放你脱离梦境——

仿佛有个精怪手持计量器——
不断计量每一小时时光——
直到你觉得你的每一秒
无助地听任他的指掌掂量——

肌腱不能动弹,不起作用
意识,陷于麻木
当上帝,仍被记住,恶魔

已被放过,然后,克服——

仿佛你的判决已成立,已宣布——
你浑身冰凉,被带领着
从可以享受怀疑的地牢
走向绞架,和死亡——

而当你的眼睛已被缝合
有个声音喘息着宣布"缓刑"!
哪一种痛苦最难受,
是死,还是生?

约 1862　　　　　　　　　　　　　　　1945

看不真切的一张脸上 421

看不真切的一张脸上
有迷人的妩媚——
那位女士不敢掀起面纱
唯恐因此而失去魅力——

却透过细纱网眼向外窥视——
她希望,她又决定不——
免得会晤,一个长年的追求
由于那相貌,满足而结束——

约 1862　　　　　　　　　　1891

早安,午夜　425

早安,午夜——
我回家来了——
白天,已对我厌倦——
我怎能对他生厌?

阳光是个美妙的地方——
我喜欢在那里盘桓——
但是现在,早晨不要我了——
所以,晚安,白天!

我能期望,难道不能——
东方泛红的时刻?
那时,青山会有办法
让心,四处遨游——

你,没有那么美,午夜——
我,看中了白天——
但是——请接受一个小姑娘吧——

　　　　　　他,却背转过了脸!

约 1862　　　　　　　　　　1929

月亮离大海十分遥远　429

月亮离大海十分遥远——
而她用琥珀色手——
牵引他,像牵着听话的孩子——
沿规定的沙滩走——

他从不出一度的失误——
遵照她的眼色迈步——
正好那么远,他向城镇涌来——
正好那么远,他退了回去——

哦,先生,你的,琥珀色手——
我的,遥远的大海——
你的眼色给我一丝一毫指令——
我都乐于从命做来——

约 1862　　　　　　　　　　　　　　1891

埋在坟墓里的人们　432

埋在坟墓里的人们
是否会同样腐朽？
我却相信有一类
肯定还活着

就像我，我可以做证，
我否认，我已死去——
我可以从上边的贮气罐
注满肺叶，作为证据——

耶稣说过，我告诉你——
有这样一种人——
不会尝到死的滋味——
如果耶稣真诚——

我也就无须论证——
救世主的话语
无可争辩——

他说过,死亡已经死去——

约 1862　　　　　　　　　　　　　　　　　　1945

知道怎样忘却！　433

知道怎样忘却！
但是能否教我？
据说是最容易的艺术
只要知道怎样做

在求知的过程中
迟钝的心灵死去
为科学献出牺牲
已是寻常之举——

我上学校学习
却未见聪明一些
地球仪不能教我
对数不能解决

"怎样才能忘却"！
哪位，哲学家，请说！
啊，掌握这门学问
必须学识渊博！

学识在书本里么?
我就可以买到——
是像一颗行星么?
可向望远镜请教——

如果是一项发明
必定有了专利。
智慧之书的博士
你,是否知道?

约 1865   1945

不少痴癫,是真知灼见　435

不少痴癫,是真知灼见——
有眼力的人认为——
不少高见,是僵化的痴癫——
也是多数,支配——
在这里,也像在一切方面——
附和,便是神智健全——
异议,便立刻危险——
便会有,对付你的锁链——

约 1862　　　　　　　　　　1890

行将饿毙的人赋予食物 439

行将饿毙的人赋予食物
过分重大的意义——
远不可及,他叹息,所以,无望——
所以,美妙无比——
一经食用,果然,痛苦解除——
但也证明
一旦得到
美味飞去——开胃的佳肴——
是距离——

约 1862　　　　　　　　　　　　　　　　1891

我们习惯在分别时　440

我们习惯在分别时
互赠些装饰品作为纪念——
以有助于坚定信念
当有情人天各一边——

趣味不同,赠品各异——
铁线莲,远行之前——
只送给我一缕——
带电的发卷——

约 1862　　　　　　　　　　　　1945

这是我写给世界的信 441

这是我写给世界的信
它不曾给过我一个字——
是自然告诉我的简单消息——
以温柔而庄严的方式

我把她的信息交给了
我看不见的手里——
为了爱她,亲爱的,同胞——
评判我时,温柔一些

约 1862　　　　　　　　　　　　　　1890

活着,使人感到羞耻　444

活着,使人感到羞耻——
这样勇敢的人已经捐躯——
有幸的泥土令人嫉妒——
掩埋着这样的头颅——

墓碑记述,是为了谁
这位斯巴达勇士战死——
为了自由,我们很少具备
他那种高贵的品质——

代价高昂,付得庄严——
我们是否配有这样一种——
必须堆积生命像堆积货币——
才可能换取的东西?

我们是否配有这种珍宝——
我们曾经等待,当生命
正为了我们,在战争
恐怖的酒杯中,消溶?

我想,那死去的人——
活着,也许会享盛名——
那些无名的保卫者
却体现着神圣——

约 1862　　　　　　　　　　　　　　　1929

正是去年此时,我死去　445

正是去年此时,我死去。
我知道,我听见了玉蜀黍,
当我从农场的田野被抬过——
玉蜀黍的缨穗已经吐出——

我曾想,理查送去碾磨时——
那些籽粒该有多么黄——
当时,我曾想要钻出去,
是什么压制了我的愿望。

我曾想,在庄稼的残梗间
拥挤的苹果该有多么红——
牛车会在田野各处弯下腰
把那些老倭瓜收捡一空——

我不知还有谁会思念我,
而当感恩节来临时,父亲
会不会多做几样菜——
同样给我分一份——

由于我的袜子挂得太高
任何圣诞老人也难够得到
会不会损害
圣诞节的欢快——

但是这类想法使我苦恼
于是我改变思路,
某个美好的一年,此时——
他们自己,会来相聚——

约 1862　　　　　　　　　　　　　　1896

我能,多给些,什么　447

如果你是一只野蜂——
我能,多给些,什么——
既然我献给女王的——
也不过是鲜花一束?

约 1862　　　　　　　　　　　　　　1929

这是诗人,就是他 448

这是诗人,就是他
从平凡的词义中
提炼神奇的思想——
从门边寻常落英

提炼精纯的
玫瑰油上品——
我们惊讶,首先捕捉到的,
竟不是我们——

仿佛图画,是画卷展现者——
诗人,就是他——
使我们,相形之下,陷于——
无穷的贫乏——

这种剥夺,不知不觉——
不能,为害——
他自己,是他的财富——

在时间, 之外——

约 1862 　　　　　　　　　　　　　　1929

我为美而死,对坟墓　449

我为美而死,对坟墓
几乎还不适应
一个殉真理的烈士
就成了我的近邻——

他轻声问我"为什么倒下?"
我回答他:"为了美"——
他说:"我为真理,真与美——
是一体,我们是兄弟"——

就这样,像亲人,黑夜相逢——
我们,隔着房间谈心——
直到苍苔长上我们的嘴唇——
覆盖掉,我们的姓名——

约 1862　　　　　　　　　　　　　　1890

梦,很好,醒来更好　450

梦,很好,醒来更好——
如果,醒在清晨——
如果醒在午夜,也好——
可以梦想,黎明——

歌声婉转的灵巧知更鸟——
使树木得到欢欣——
也难比它面对永不转化为白天——
凝固的,黎明——

约 1862　　　　　　　　　　　　1890

破晓,我将是一个妻子　461

破晓,我将是一个妻子——
日出,是否有一面给我的旗?
午夜,我还只是个少女,
造就新娘的时间多么短促——
然后,午夜,我从你身旁走了过去
向着东方,和胜利——

午夜,晚安! 我听见他们在招呼,
那些天使在大厅里忙碌——
我的未来轻轻爬着楼梯,
我笨拙地念我童年的祈祷辞
这么快就要不再是个孩子——
永生,我来了——先生,救世主——
我曾经是那张脸——以前!

约 1862　　　　　　　　　　　　　　　　1929

我和他住在一起,我看见他的面孔　463

我和他住在一起,我看见他的面孔——
我再不到别处去
为了会客,或晚霞——
死亡的单独隐私

是唯一的,我不能有我的——
他,凭他的权利
提出了无形的要求——
婚姻生活,我,不得享有——

我和他住在一起,我听见他的声音——
今天,我活着站立——
是要见证,永生
确实不虚——

时间,以下界的方式——
教我,确信,每一日——
像这样的生活,永不休止——

不管,会有什么样的判决——

约 1862　　　　　　　　　　　　　　　　　　1896

我们不在坟头游戏　467

我们不在坟头游戏——
那里没有游戏的余地——
而且,不平,倾斜——
人来人去——

我们把花插在坟头——
花儿垂头丧气——
我们生怕花心坠落——
砸碎有趣的游戏——

于是我们避得老远——
像远避我们的仇敌——
偶尔也四下看看,是想知道——
有多大的距离——

约 1862　　　　　　　　　　　　1945

鲜红,耀眼,是黎明　469

鲜红,耀眼,是黎明——
紫罗兰色是正午——
金黄,已是白昼近昏暝——
然后色彩无寻处——

然而夜空,星光熠耀——
露出白热的白银地——
熊熊燃烧,广大辽阔——
至今火焰不曾熄——

约 1862　　　　　　　　　　　　1945

我还活着,我猜 470

我还活着,我猜——
我手的分枝
满是清晨的华光——
在我的手指——

红色仍能引起暖意——
仿佛医生把玻璃
放近我的嘴边,模糊——
证明,还有呼吸——

我还活着,因为
我不在某个房间里——
通常是在客厅——
客人可以来去——

弯下身子,从旁观测——
说:"已经变冷"——
说,"有知觉么——
当它步入永生"?

我还活着,因为
我还没有一所房屋——
仅仅专属于我——
容不得第二个——

刻着我做姑娘时的名字——
好让来访者知道
哪座门是我的,不至于认错——
再把钥匙另找——

活着,多么好!
双倍活着,美好无比——
由于,我出生人世——
还由于,在你心里!

约 1862   1945

我原以为只有最俭朴的需求　476

我原以为只有最俭朴的需求——
比如说,只要满足,和天堂——
不超过收入,和能力相等——
生活和我,可以保持平衡——

既然那后一项包括前一项——
我的祈祷只规定成这样
也就足够,我只求一项——
神的恩惠就会给我一双——

于是,我就这样,祈祷——
伟大的神啊,请你给我
一个天堂,不必有你的那样大,
只要大到,能够容我——

耶和华的脸上漾起微笑——
小天使们,向一旁避过——
严肃的圣徒偷偷溜出来看我——
也露出了嬉笑的酒窝——

我拼出全力,离开那里——
我把祈祷,抛在一边——
火气全消的年岁把它捡起——
至高的裁判也挤了挤眼——

头脑简单以至如此——
这样的故事,它信以为实——
"无论你祈求什么——
全都可以给你"——

但是我,已变得机灵——
以怀疑的眼色打量天庭——
像孩子,被骗过一次——
就推论,全都是骗子——

约 1862　　　　　　　　　　　1891

我没有时间恨　478

我没有时间恨——
因为
坟墓会妨碍我——
生命
并不那么宽裕
恨,难以完成——

我没有时间爱——
但是既然
必须做点什么——
爱的那点苦工——
我以为
对于我,已够繁重——

约 1862　　　　　　　　　　　　　　1890

"为什么我爱"你,先生？　　480

"为什么我爱"你,先生？
因为——
风,从不要求小草
回答,为什么他经过
她就不能不动摇。

因为他知道,而你,
你不知道——
我们不知道——
我们有这样的智慧
也就够了。

闪电,从不询问眼睛,
为什么,他经过时,要闭上——
因为他知道,它说不出——
有些道理——
难以言传——
有修养的人宁愿,会意——

日出,先生,使我不能自已——
因为他是日出,我看见了——
所以,于是——
我爱你——

约 1862 1929

找他去,幸福的信! 494

找他去,幸福的信!
去告诉他——
告诉他我并未写出的那一页——
告诉他,我只说出了句法——
动词和代词全都省略——
告诉他手指多么急促——
然后移动困难,变得很慢,很慢——
这时你恨不得在你的页面长出眼睛——
好看清是什么使得他们这样——

告诉他,这不是一个写作老手——
你已猜出,因为句子写得费力——
你听见你后面的女式胸衣在用劲——
仿佛那里面只装着一个孩子的气力——
你几乎要可怜它了,是你,使它尝此艰辛——
告诉他,不,在这里,可以含糊些——
因为他知道了,会伤心的——
于是你和我,越发只能沉默。

告诉他,信未写完,长夜已尽——
那老自鸣钟不断嘶鸣着"天亮"!
而你,感到了困倦,恳求着结束——
什么又能妨碍它,这样说?
告诉他,她是怎样把你封好——十分谨慎!
但是,如果他问起你,然后
怎样把你藏到明天,幸福的信!
做出一副撒娇的表情,摇摇头!①

约 1862   1891

---

① 同时誊清的另一稿,与这一稿几乎完全相同,但是代词"他"改成了"她"。另一稿首次公开发表于 1955 年。

他抻拉过我的信念   497

他抻拉过我的信念——
是否发现它柔韧？
他摇撼过我坚强的信任——
那时它是否变形？

他摔掷过我的信仰——
但是否把它摔碎？
以悬念使我受酷刑——
没有一根神经断裂！

他以痛苦拧我绞我——
我却从不怀疑他——
虽不知出了什么差错
他从不曾说过话——

被刺了一刀，而我祈求
他那甜美的宽恕——
这是你的小约翰啊！

不认识我么,耶稣?

约 1862   1945

我嫉妒他航行所在的海洋　498

我嫉妒他航行所在的海洋——
我嫉妒载送他的马车
车轮的,轮辐——
我嫉妒那些弯腰躬背

注视着他旅行的山峦——
全都能轻易看见
却像天堂,对我
完全封锁!

我嫉妒他远方屋檐下——
那些小麻雀的雀窝——
他那窗玻璃上,富有的飞虫——
获得夏季给假

在他的窗外嬉戏
幸福的,幸福的树叶——

皮萨罗的耳环①
也不能为我牟取——

我嫉妒太阳,是它把他唤醒——
还有钟,它们放肆的声响
告诉他,外面,正是中午——
我自己,就是他的中午——

然而我禁止,我的花朵——
废除,我的蜜蜂——
免得永恒黑夜的中午
扔掉加伯列,和我——

1862　　　　　　　　　　　　1896

---

① 皮萨罗,16世纪30年代印加帝国的西班牙征服者,曾经掠夺和积累了大量印第安人的金银财宝。

至少,还有祈祷,留下,留在　502

至少,还有祈祷,留下,留在
哦,耶稣,留在空中——
我不知道哪是你的房间——
我正在到处,敲门——

你在南方,引发地震——
在海洋,搅起漩涡——
请说吧,拿撒勒的耶稣基督——
你就没有一只手能接引我?

约 1862　　　　　　　　　　　　　1891

我已被放弃,不再属于他们 508

我已被放弃,不再属于他们——
他们在乡村教堂用水
滴在我脸上的名字
我不再使用,他们可以
把它和玩具娃娃放在一起
还有我的童年,一串线团,
我,也已做完针线——

受洗,以前,不可选择
但是这一次,自觉,我有幸
获得无上的嘉名——
被呼唤着达到圆满,新月下沉——
整个人生之弧,填满,
凭借一顶,小小的王冠

我第二个等级,第一个太小——
加冕,欢呼,在我父亲的胸脯——
一个半无不自觉的女王——
但是这一次,适当,挺立,

根据我选择，或是

摈弃，的意愿，

而我选择，不过一顶王冠——

约 1862   1890

如果你能在秋季来到　511

如果你能在秋季来到，
我会用掸子把夏季掸掉，
一半轻蔑，一半含笑，
像管家妇把苍蝇赶跑。

如果一年后能够见你，
我将把月份缠绕成团——
分别存放在不同的抽屉，
免得，混淆了日期——

如果只耽搁几个世纪，
我会用我的手算计，
把手指逐一屈起，直到
全部倒伏在亡人国里。

如果确知，聚会在生命——
你的和我的生命，结束时
我愿意把生命抛弃
如同抛弃一片果皮——

但是现在难以确知
相隔还有多长时日,
这状况刺痛我有如妖蜂——
秘而不宣,是那毒刺。

约 1862　　　　　　　　　　　　　　　　1890

美,不经造作,它自生 516

美,不经造作,它自生——
刻意追求,便消失——
听任自然,它留存——
当清风吹过草地——

风的手指把草地抚弄——
要追赶上绿色波纹——
上帝会设法制止——
使你,永不能完成——

约 1862　　　　　　　　　　1929

听一只黄鹂啭鸣　526

听一只黄鹂啭鸣
也许是寻常事情——
却也许十分神圣。

不是由于那鸟
它唱同一曲调,像对嘈杂人众,
并没有人能听到——

是耳朵的时尚
把听到的装扮得
暗淡,或是漂亮——

所以它是诗,
或者什么也不是
问题在内。

"乐声在树上"——
怀疑派,却告诉我——

"不,先生!在你心里!"

约 1862   1891

我的,凭公正挑选的权利! 528

我的,凭公正挑选的权利!
我的,凭皇家的御玺!
我的,凭猩红监狱的标记!
铁栅,不能隐匿!

我的,这里,朝思暮想,反正都是!
我的,凭到死方休——
授权,业经确认——
似醉若狂的特许!
我的,地久天长任岁月流逝!

约 1862 　　　　　　　　　　　　1890

你无法扑灭一种火　530

你无法扑灭一种火——
有一种能够发火之物
能够自燃,无须人点——
当漫长的黑夜刚过——

你无法把洪水包裹起来——
放在一个抽屉里边——
因为风会把它找到——
再告诉你的松木地板——

约 1862　　　　　　　　　　1896

我把我的力量握在手里　540

我把我的力量握在手里——
然后,向全世界挑战——
我的力量,远不如大卫——①
但是我有,两倍的勇敢——

我瞄准了,投掷石块——
却只有我自己倒下——
是由于我自己,太小——
还是由于歌利亚,太大?

约 1862　　　　　　　　　　　　　　1891

---

① 大卫,古以色列王。年轻时,曾以石块击毙非力士巨人歌利亚。事见《圣经·旧约·撒母耳记上》第 17 章。

我畏惧吝啬言辞的人 543

我畏惧吝啬言辞的人——
我畏惧他默不开口——
夸夸其谈,我能超越——
喋喋不休,可以忍受——

当别人花完了最后一镑——
他仍在斟酌掂量再三——
对这种人,我心怀警惕——
我担心他,不凡——

约 1862   1929

殉理想的诗人,不曾说话　544

殉理想的诗人,不曾说话——
把精神的剧痛在音节中浇铸——
当他们人间的姓名已僵化——
他们在人间的命运会给某些人以鼓舞——

殉理想的画家,从不开口——
把遗嘱,交付给画幅——
当他们有思想的手指休止后——
有人会从艺术中找到,安宁的艺术——

约 1862　　　　　　　　　　　　　　　1935

要弥合裂缝　546

要弥合裂缝
须用造成裂缝的东西——
用别种填充物——
只能扩大原有的缝隙——
无法填平深渊
如果,你用空气。

约 1862　　　　　　　　　　　　1929

我一直在爱　549

我一直在爱
我可以向你证明
直到我开始爱
我从未活得充分——

我将永远爱下去——
也可以向你论证
爱就是生命——
生命有不朽的特性——

如果,亲爱的,
对此也抱怀疑
我便无从举证,
除了,髑髅地——①

约 1862　　　　　　　　　　　　　　　　1890

① 髑髅地,耶稣受难处。而耶稣之所以受难,据说,是由于爱,由于太爱世人。

我测度我遇到的每一种悲痛

我测度我遇到的每一种悲痛——
用眯起的、刺探的,眼睛——
我想知道是否和我的一样重——
或者是否有宽松些的尺寸——

我想知道他们忍受了多久——
也或者,只是刚刚开始——
我已说不清我自己的起始日期——
只是觉得这痛苦已经古老——

我想知道它是否有碍于生活——
如果,他们不得不试一试——
他们是否可以选择折中——
不至于是,立刻就死——

我注意到有些人有长期的病痛——
最后,居然又露出了笑容——
仿佛,曾经是一盏灯——
油,几乎已熬尽——

我想知道,年复一年累积——
几千个年头,累积在病痛之上——
对早先的伤害,这样的岁月流逝——
能不能收点疗救之功——

如果他们还要继续痛下去——
要痛过神经的几个世纪——
并且启动与爱大相径庭——
更大的新的苦痛——

有人说,悲痛有许多种——
各有各的不同的起因——
死亡,只有一种,只来一次——
只是钉牢一双眼睛——

有匮乏的痛苦,有寒冷的痛苦——
有一种人们称为"绝望"——
出生地人的眼睛被禁止——
观赏出生地的风光——

这一种,我虽不可能猜得——
十分准确,却给了我——
刻骨铭心的宽慰——

当我从髑髅地经过——

看到那十字架的式样——
已经磨损得多么严重——
仍能使我情不自禁设想——
有些,和我的有些相同——①

约 1862　　　　　　　　　　　　　　1896

① 有些相同,即都是为了爱。耶稣,是由于他爱世人,或是,由于"上帝爱世人"。

我不能证明岁月有脚　563

我不能证明岁月有脚——
然而确信它们奔跑,
证据是刚完成的序列,
已成为过去的征兆——

我发现脚有更远的目标——
我对一些目的发笑——
昨天,它们似乎宏伟——
今天,要求已更高——

我不怀疑昨日我的自我
曾经和我完全相称——
但是匹配不当,证明——
已落后于我的生命——

约 1862　　　　　　　　　　　　　　1945

一只垂死的虎,为干渴而呻吟　566

一只垂死的虎,为干渴而呻吟——
我走遍沙漠——
找到一块岩石,在滴水
我用手接着——

他威严的眼球,由于死而混浊——
却依旧睁着,在视网膜上
我可以看见,有水
和我的,影像——

那不是我的过错,我跑得太慢——
那不是他的过错,我赶到时
他已死去——错的是
他已死去的事实——

约 1862　　　　　　　　　　　　　　1945

我们学完了爱的全部　568

我们学完了爱的全部——
词汇,字母——
短篇,巨著——
然后,闭合启示录——

但是在彼此的眼睛里
却看见一种无知——
比童稚更加神圣——
彼此相对,都是孩子——

都试图阐明一门
谁也不懂的学问——
啊,智慧是如此博大——
真理是如此复杂。

约 1862　　　　　　　　　　　　　　1945

诗人,照我算计　569

诗人,照我算计——
该列第一,然后,太阳——
然后,夏季,然后,上帝的天堂——
这就是全部名单——

但是,再看一遍,第一
似已包括全体——
其余,都不必出现——
所以我写,诗人,一切——

他们的夏季,常年留驻——
他们给得出的太阳
东方也会认为奢侈——
即使,那更远的天堂——

也像他们为他们的崇拜者
所准备的那样美
在情理上也太难证明——

还有必要为做梦而入睡——

约 1862 　　　　　　　　　　　　　　　　1929

我忍饥挨饿了多少年　579

我忍饥挨饿了多少年——
进餐的中午终于到来——
我颤抖着走近餐桌——
触摸珍奇的酒杯——

这正是我见过的一切——
当我饿着肚子回家去
从窗户里,望见的
丰盛的筵席——

我从不知丰满的面包——
那东西和我与小鸟们
常在自然的餐厅里分享的
面包屑,大不相同——

陌生的富足使我难受——
我感到不适而且异常——
像山间灌木林中的草莓——
被移植到了大道上——

我不再饥饿,我发现
饥饿,是窗外人的感觉——
一旦入室——
也就消失——

1862　　　　　　　　　　　　　　　　　1891

我把自己交付给他　580

我把自己交付给他——
以取得他作为代价——
人生庄严的契约
就这样成为合法——

财产可能令人失望——
我比这位大采购商
所猜想的还要贫乏,
日常的爱,剥掉幻想

平凡而普通,但是——
这难以捉摸的货物——
直到这商人购买时——
尚在虚无缥缈处——

这至少是互相冒险——
有人发现,各有所获——
人生的风流债,每夜欠下——

每个中午,无力偿付——

约 1862   1891

我为每一种思想寻找言辞　581

我为每一种思想寻找言辞
我总能成功,但有一种——
就是这种,使我困窘——
像要用粉笔描绘烈日当空

对黑暗中成长的,族类——
你自己,会怎样行动?
能用胭脂红表示火焰,
或用靛蓝表示午时天空?

约 1862　　　　　　　　　　　1891

我爱看它跑过一哩又一哩 585

我爱看它跑过一哩又一哩——
掠过一条条山谷——
停在水塔下把自己灌足——
然后,放开惊人的大步

绕过成堆的山峦——
趾高气扬,睥睨着
道路两侧,简陋的房舍——
然后,爬过

依照它的身材
开凿的石槽
以可怕的,啸叫声
不住地抱怨——
然后,冲下山岭——

像嗓音洪亮的传教士一样嘶吼——
然后,像星辰一样准时
停下,驯顺而又威武

停在自己的厩棚门口——①

约 1862 1891

---
① 厩棚,指车站。全诗都是通过马的意象来描述火车。

害怕！我害怕谁 608

害怕！我害怕谁？
不是死亡——他是谁？
我父亲的司阍
会使我那样发窘！

怕生命！奇怪，我会
害怕遵照上帝的旨意
以一两次存在
包容着我的东西！

怕复活！难道东方会怕
信任黎明和她那
难以取悦的额头？
我会疑惧我的王冕！

约 1862　　　　　　　　　　　　1890

我离家已经多年 609

我离家已经多年
此刻立在门前
我不敢进去,唯恐
会有陌生人出现

紧盯着我的面孔
问我为什么而来——
"我遗落一段生活
不知是否还在?"

我有几分畏惧——
我难舍那以往——
往事像大海翻腾
喧嚣在我耳旁——

我不禁吃吃发笑
我曾经历过惊恐
从来不知退缩
竟畏惧一座门洞。

我小心插回门闩
我的手指微颤
生怕门又打开
一时无处躲闪——

然后松开手指
谨慎得一丝不苟
然后捂上耳朵
像贼,喘息着逃走——

约 1872   1891

四处并未因而发生变化　620

四处并未因而发生变化——
四季,照旧,很美——
黎明,照旧开放成中午——
绽开蓓蕾,放出光辉——

野花在丛林中红艳似火——
溪流,整天,奔腾——
并不因为飞过髑髅地——
乌鸫就压低了琴声——

焚烧异教徒,末日审判——
对于蜜蜂,全无所谓——
在他看来,全部的痛苦只在于——
分离他,和他的玫瑰——

约1862　　　　　　　　　　　　　1890

对于人，为时已晚 623

对于人，为时已晚——
对于神，为时尚早——
创造，已经无能为力——
留给我们，还有祈祷——

天堂，多么完美——
当现世无法为我们得到——
这时，我们的老邻居上帝——
有一副多么好客的容貌——

约 1862   1890

我们曾在一个夏季结婚,亲爱的　631

我们曾在一个夏季结婚,亲爱的——
你最美的时刻,在六月——
在你短促的寿命结束以后,
我对我的,也感到厌倦——

在黑夜里被你赶上——
你让我躺下——
一旁有人手持烛火——
我,也接受超度亡魂的祝福。

是的,我们的未来不同——
你的茅屋面向太阳——
我的四周,必然是——
海洋,和北方

是的,你的园花首先开放——
而我的,播种在严寒——
然而有个夏季我们曾是女王——

但是你,在六月加冕——

约 1862   1945

头脑,比天空辽阔　632

头脑,比天空辽阔——
因为,把他们放在一起——
一个能包容另一个——
轻易,而且,还能容你——

头脑,比海洋更深——
因为,对比他们,蓝对蓝——①
一个能吸收另一个——
像水桶,也像,海绵——

头脑,和上帝相等——
因为,称一称,一磅对一磅——
他们,如果有区别——
就像音节,不同于音响——

约 1862　　　　　　　　　　　　　　1896

---

① 蓝(blue),有"忧郁"的意思。此处双关,译文难以再现。

孩子的信仰稚嫩　637

孩子的信仰稚嫩——
完整,像他的理论——
宽阔,像刚睁开眼睛
看见的朝阳——
没有任何怀疑——
为一点小事,就会大笑——
相信一切哄骗
除了,天堂——

他信任全世界——
以为他的领地
就是最广袤的国土——
和他相比较
恺撒,卑劣——
没有根基的皇帝——
一无可取
却支配着一切的君主——

逐渐成长,终于承认

他对多刺的事物
美好的估价
并不符合真情

他学会乖巧
当然,令人痛心——
不再防备国王
而是防备他人——

约 1862　　　　　　　　　　　　　　1929

我不能和你一起活着　640

我不能和你一起活着
那将成为生活——
而生活已在那边——
在橱柜的背后

教堂的司事掌管着钥匙——
他收拾起
我们的生活,他的瓷器——
像一只杯子

为管家妇所抛弃——
古怪,或是破损——
塞弗尔的新出品更可喜——
旧的,有了裂隙——

我不能和你一道死——
因为一个,必须等
着给另一个阖上眼皮——
你,不会做——

而我,就能够站在一旁
看着你,逐渐僵硬——
如果没有我自己
死的荣幸,冷却的权利?

我也不能和你一起升天——
因为你的脸
会使耶稣的黯然失色——
那新的风采

在我思乡的眼睛里
平淡而且陌生——
只是你的光辉
比他的离我近些——

他们会审判我们,怎样审——
因为你,侍奉过天国,你知道,
或是,曾经做过努力——
而我,不能——

因为你充满了我的视野——
我再没眼睛去观赏
像乐园那样
不洁的美景

如果你迷失了,我也愿迷失——
虽然我的名字
会由于天国的声誉
而有最响亮的声音——

如果你,得救了——
而我,被罚到
没有你的地方去——
我自己,就会是我的地狱——

所以我们必须分离——
你在那里,我在这里——
只给门留个缝隙
那却是海洋,和祈祷——
和那白色的食粮——
绝望——

约 1862　　　　　　　　　　　　　　　1890

你留给我,亲爱的,两份遗产 644

你留给我,亲爱的,两份遗产
一份遗产是爱
天父也会满足
如果赠给天父——

你还留给我痛苦的边界——
痛苦浩阔如海——
横亘在永恒,和时间——
你的知觉,和我,之间——

约 1862　　　　　　　　　　　　　　1890

痛苦,有一种不做记录的特点　650

痛苦,有一种不做记录的特点——
它不能回忆
从什么时候开始,也不记得是否
有它不存在的时日——

它没有未来,只有它自己——
它无限的领域包含着
它的过去,领悟过去以感受
新的痛苦。

约 1862　　　　　　　　　　　　　　　1890

我居住在可能性之中 657

我居住在可能性之中——
一座比散文漂亮的房屋——
有更多的窗子——
有宏伟的门户——

这里的房间,像雪松——
为目光无法穿透——
作为历久弥坚的屋顶
是有复折的天空——

来的是最美好的客人——
所事之事,是这样一件——
大张开我狭窄的双手
收拾乐园——

约 1862　　　　　　　　　　　　　　1929

他的语声又在门口　663

他的语声又在门口——
我觉得那音调依旧——
我听见他向仆人打听
有没有我这样一个——

我拿起一束鲜花走去——
以求宽赦我的面容——
他生平从不曾见过我——
可能会惊了他的眼睛！

我碎步急走过堂屋——
我默默跨出门洞——
我张望整个宇宙，一无所有——
只见他的面孔！

我们交谈，随意而闪烁——
有一种施放测锤的味道——
一方，羞怯地——试探着——
另一方的深浅——

我们散步,我把狗,留在家里——
月亮,温柔而体贴
只陪我们,短短一程——
然后,我们单独在一起——

单独,如果天使们单独——
当他们初次试游天国!
单独,如果"隐形面孔"单独——
他们在天上,无数!

我愿付出,脉管中的紫红——
重温那一小时的生活——
但是他必须亲自,计算滴数——
那是我每一污点的价格!

约 1862　　　　　　　　　　　　　1945

啊,特纳利夫　666

啊,特纳利夫!
退却的山!
一代代紫衣王侯为你停留——
落日,检阅她的蓝宝石兵团——
白昼,用鲜红的语言向你话别分手!

依旧,披覆着你冰的铠甲——
花岗岩躯体,钢铁肌肉——
荣耀,别离,同样,不挂在心头——

啊,特纳利夫!
我膜拜你,依旧——

约 1863　　　　　　　　　　　　　　1914

"自然",是我们所见　668

"自然",是我们所见——
午后的光景,山峦——
松鼠,野蜂,阴影——
自然,甚至,是乐园——

"自然",是我们所闻——
大海的喧嚣,雷霆——
食米鸟叫,蛩鸣——
自然,甚至,是和声——

"自然",是我们所知——
我们却无法说明——
要道出她的淳朴——
我们的智慧无能——

约 1863　　　　　　　　　　　　1914

灵魂有客　674

灵魂有客
很少出门——
家里有神圣的一群——
不必远行——

礼仪禁止
主人他往——
当人中之王
正来拜访——

约 1863　　　　　　　　　　　　　　　　1914

燧石的土壤,坚持耕作 681

燧石的土壤,坚持耕作——
会给手以报酬——
棕榈的种籽,由于利比亚的阳光
在沙漠,丰收——

约 1863　　　　　　　　　　　　1896

灵魂对于它自己 683

灵魂对于它自己
是威严的伴侣——
是敌人所能派遣的
最难防御的密探——

为了对自己防范——
它不畏惧背叛——
灵魂是自己的主宰
应该敬畏自己——

约 1862　　　　　　　　　　　　1891

有人说"时间能够平息" 686

有人说"时间能够平息"——
时间从不曾平息——
真正的痛苦不断增强
像精力追随年纪——

时间,考验烦恼——
却不是疗治的药品——
如果证明能治,也就证明
世上,本来无病——

约1863　　　　　　　　　　　　1896

"演说",是议会的恶作剧　688

"演说",是议会的恶作剧——
"眼泪",神经的诡计——
但是承受着最沉重负担的心——
永远,不为移易——

约 1862　　　　　　　　　　　　　　　1894

胜利到来已晚　690

胜利到来已晚——
俯身去就正在冷却的嘴——
霜已太重
无法享用——
本来滋味会有多甜——
只需一滴！
是上帝过分节俭？
饭桌摆设得太高——
除非我们踮着脚尖——
面包屑，适合那样小的嘴——
樱桃，适合知更鸟——
老鹰的丰盛早餐把他们，全都绞杀——
上帝恪守他对"麻雀们"的誓词：
谁缺乏爱，就会知道怎样饿死——

约 1863　　　　　　　　　　　　1891

你喜爱夏季？请尝试我们的　691

你喜爱夏季？请尝试我们的。
要芳香？请到这里买！
病了！有退烧的浆果！
倦了！往羽绒垫上靠！
惶惑！有无忧的紫罗兰庄园！
拘禁！给你玫瑰的宽解！
晕眩！饮几瓶清新空气！
甚至死,也有疗救的仙丹——
但是,先生,那是什么？

1863?　　　　　　　　　　　1894

太阳不断下落，下落…… 692

太阳不断下落，下落，却仍然
不见午后的色彩——
从村落的光景我知道——
是中午移动在屋脊之间——

暮色不断滴落，滴落，却仍然
不见草叶上有露珠——
只是停在我的额头——
沿着脸颊流注——

双脚不断困倦，困倦，却仍然
有我的手指清醒——
可是为什么由内心向外
奏不出什么声音——

我以往对光何等熟识——
我现在还能看到——
它正在死去，我也一样，但是

我并不害怕知道——

约 1863　　　　　　　　　　　　　　　　1890

发表,是拍卖　709

发表,是拍卖
人的心灵——
贫困,批准
这种腐败行径

也许,只有我们,宁愿
从我们阁楼的斗室
一身洁白,去见洁白的上帝——
也不用我们的"白雪"投资——

思想,属于
给予思想的人——
就向他,体现思想的灵魂——
出售高贵的歌声——

经营,应该做
神圣美德的商贾——
切不可使人的精神

蒙受价格的羞辱——

约 1863   1929

因为我不能停步等候死神　712

因为我不能停步等候死神——
他殷勤停车接我——
车厢里只有我们俩——
还有"永生"同座。

我们缓缓而行,他知道无须急促
我也抛开劳作
和闲暇,以回报
他的礼貌——

我们经过学校,恰逢课间休息——
孩子们正喧闹,在操场上——
我们经过注目凝视的稻谷的田地——
我们经过沉落的太阳——

也许该说,是他经过我们而去——①
露水使我颤抖而且发凉——

---

① 他,指太阳。

因为我的衣裳,只是薄纱——
我的披肩,只是绢网——

我们停在一幢屋前,这屋子
仿佛是隆起的地面——
屋顶,勉强可见——
屋檐,低于地面——

从那时算起,已有几个世纪——
却似乎短过那一天的光阴——
那一天,我初次猜出
马头,朝向永恒——

约 1863   1890

白昼卸去她的衣裳　716

白昼卸去她的衣裳
袜带,黄金饰物——
衬裙,紫红——
她用的老式薄棉布——

像这个世界一样古老
然而注册于本半球
最新的那一颗星星——
像她一样有了折皱——

离上帝太近而不必祈祷——
距天堂太近而无可畏惧——
这位西方的贵妇人
退休,无忧无虑

她那支蜡烛正在熄灭
摇曳闪烁的余光——
还在港口桅杆圆球

塔尖,和玻璃窗上。

约 1863　　　　　　　　　　　　　　　　1935

那乞讨的孩子,过早死去　717

那乞讨的孩子,过早死去——
有几分,由于寒冷——
有几分,由于奔波力竭的双脚——
也许,由于这世道——

这含笑、有礼、残酷的世界——
走着寒武纪的古道——
听不见畏怯的求告,"面包"——
"善心的太太,行行好"——

在升入天国的孩子们中间
那奔波力竭的双脚能否站立——
是否会忘却那光赤的岁月——
那刺骨的寒风,冻雨——

为一个便士而祈求的小手
那时曾高举起来——
向从不知褴褛的人乞讨

一件寒衣,而徒劳——

约 1863　　　　　　　　　　　　　　　　　　1945

我原以为我来时能见到她　718

我原以为我来时能见到她——
死神,也有同样的想法——
但是,看来,惨败的是我——
全胜的,是他——

我原打算告诉她我多么渴望
这一次的相聚——
但是,死神已先我说过这样的话——
她已随他离去——

现在,四处游荡是我的休息——
而歇下来,歇下来吗——
对于我,对于我的记忆,都将是
十二级狂风猛刮。

约 1863　　　　　　　　　　　　1896

它颠簸着,颠簸着   723

它颠簸着,颠簸着——
一艘双桅船,我知道,遇上了暴风——
它旋转着,旋转着——
在昏迷中摸索黎明——

它踉跄着,踉跄着——
像个醉汉,蹒跚迈步——
它洁白的脚失足落空——
然后,踪影全无——

啊,双桅船,晚安,
你和你的船员——
大洋的心太平静,太蓝——①
难以为你哀叹——

约 1863   1891

————

① 蓝,在这里是双关。未能译出的含义是:他自己就过分忧郁。

有一天,你说我"伟大"　738

有一天,你说我"伟大"——
就算"伟大"吧,只要你愿意——
或是渺小,或是任何尺码——
我的尺码你中意——

高,高得像头鹿,好吗?
或是矮,矮得像鷦鷯——
或是任何一种高矮
我曾见过的?

请明说吧,猜起来太乏味——
我一定会立刻成为
犀牛,或老鼠——
为了你——

比如说,如果是女王——
或是女侍,能使你欢喜——
我就是那个,否则,不如毁灭——
或是别的,如果有别的——

只需符合这一条——
我，中你的意——

约 1863　　　　　　　　　　　　　　1945

最有生命力的戏剧表演 741

最有生命力的戏剧表演是平凡的生活
每天在我们身边出没——
别样的悲剧

台词念毕,也就结束——
这种是最优秀的剧目
虽然观众星散
舞台幕落——

"哈姆雷特"对他自己依旧是哈姆雷特——
即使莎士比亚从不曾写出——
"罗密欧"虽不曾留下
有关朱丽叶的记录,

却在人类的心里
反复上演,永无止期——
这史册上唯一的剧场
场主不能关闭——

约 1863　　　　　　　　　　　　　　　　1929

懊悔,是记忆,醒来　744

懊悔,是记忆,醒来——
她的有关各方全都轰动——
已往事件的一次再现——
在门口,在窗前——

灵魂的过去在它之前已降落——
一根火柴把它照亮——
仔细翻阅,能够帮助——
用苦行折磨和绞杀信念——

懊悔,是不治之症——
即使上帝,也无能为力——
因为这是他制定的圣餐——
满足地狱的需要正好合适——

约 1863　　　　　　　　　　　　　　1891

预感,是伸长的阴影,落在草地　764

预感,是伸长的阴影,落在草地——
表明一个个太阳在落下去——

通知吃惊的小草
黑暗,就要来到——

约 1863　　　　　　　　　　　　　　　　1890

我的信念大于山

我的信念大于山——
所以,山崩了——
定会接过紫红轮盘
为太阳,引道——

他首先落脚在风向标——
然后,缓步上山——
然后,巡游世界
实现他黄金的意愿——

如果他黄色的脚落空——
鸟,将不会飞翔——
花,将在茎秆上沉睡——
钟声,没有天堂——①

我岂敢,吝惜这
关系重大的信念——

---

① 钟声,指教堂的钟声。

免得天塌,是由于我——
箍上的铆钉折断

约 1863　　　　　　　　　　　　1929

把勇敢的援助给予　767

把勇敢的援助给予
那些孤独的生命——
那"一位"未能消灭的人们——
符合人性,而又神圣

把充沛的精力给予
一个无名的男人——
他全家的温饱福利
没有别人,替他去挣——

约 1863　　　　　　　　　　　　1929

一加一,是一　　769

一加一,是一——
二,应该废弃——
对于学习已经足够——
若是为了选修——

或是生,或是死——
或是永恒,一门就行——
多了,太大——
灵魂,难以容纳——

约 1863　　　　　　　　　　　　　　1929

无所期望的服务　779

无所期望的服务——
我以为,最高尚——
不是由于有定额
工作而有报偿——

有利益在激励——
有希求为动力——
没有一种勤奋能比
不知底止的努力——

约 1863　　　　　　　　　　　　　　　　1945

等待一小时,太久 781

等待一小时,太久——
如果爱,恰巧在那以后——
等待一万年,不长——
如果,终于有爱作为报偿——

约 1863　　　　　　　　　　　　1945

有一种乏味的欢乐　782

有一种乏味的欢乐——
它,不同于喜悦——
像霜,不同于露——
虽然是相同的元素——

然而一个,喜爱花草——
另一个,花草畏惧——
最好的蜜一旦变质——
对于蜂,毫无价值——

约 1863　　　　　　　　　　　　　　1945

永远是我的　839

永远是我的!
再没有假期!
光的学年,从今天开始!
像太阳和四季周转
圆满而不间断。

旧的是美德,新的是课题——
东方,确实是上了年纪,
但是,在他的紫红课程表上
每个黎明,总是第一。

约 1864　　　　　　　　　　　　1945

我无法买到，它是非卖品　840

我无法买到，它是非卖品——
世上没有第二个——
我的是独一份

我一高兴，忘了关上门——
它走出去了，于是
我又孤单一个人

如果我能找到它在哪里
多远的路程也不介意
哪怕耗尽了积蓄

只是为了正面瞧它一眼——
说声"你？""是不是说？"
然后，转过脸去。

约 1864　　　　　　　　　　　　　　1945

藏起来很好,听他们寻找　842

藏起来很好,听他们寻找!
更好,是被发现,
如果你情愿,就是说,
狐狸配合猎犬——

知道了很好,而又不说,
最好是知道而又能说,
如果能找到不过分迟钝的
罕见的耳朵——

约 1864　　　　　　　　　　1945

已经两次,夏季给了原野　846

已经两次,夏季给了原野
她美丽的翠绿——
已经两次,冬季在河面留下
银色的裂隙——

为松鼠,你准备了整整两个
丰盛的秋季——
自然啊,就不能给你漂泊的小鸟
一粒,草莓?

约 1864　　　　　　　　　　　　　　1945

剖开那只百灵,你会找到音乐　861

剖开那只百灵,你会找到音乐——
一串又一串,银色的圆泡——
夏季的清晨也用得很少,节约
为了你的耳朵,以备琴声衰老

释放那洪流,你会发现绝妙——
一股又一股,为你而保存——
猩红的实验! 多疑的托马斯!
现在,还不相信鸟的真诚?

约 1864　　　　　　　　　　　　1896

知更鸟不为面包屑 864

知更鸟不为面包屑
回报一个音节,
但是会把那位女士的名字
在银色编年史上久久牢记。

约 1864　　　　　　　　　　　　　　　　1945

从一条板向另一条走去 875

从一条板向另一条走去
小心翼翼而且缓慢
我感觉到星星在头的四周
大海在我脚边。

我知道的只是,下一步
就可能是行程的极限——
这给了我战战兢兢的步态
有人叫它经验。①

约 1864　　　　　　　　　　　　　　　　1896

---

① 这首诗的关键词是 plank。17 世纪海盗杀害俘虏时,蒙上俘虏的双眼,再要他们在突出舷外的跳板上行走,直到落海溺死,称为 walk the plank。

诗人们只把那些灯点亮　883

诗人们只把那些灯点亮——
他们自己，退场——
他们激励那些灯芯——
如果生命之光像太阳那样

为他们所固有——
每一个时代是一块透镜
会投射出他们的
圆周——

约 1864　　　　　　　　　　　　1945

我隐藏在,我的花里[①]　903

我隐藏在,我的花里,
这朵花佩在你的胸前——
你,并没有想到,也佩戴着我——
天使却知道这一切。

我隐藏在,我的花里,
这花在你的花瓶中凋落——
你,并没有想到,为我而感觉——
几乎是,一种寂寞——

1890

[①] 另据1998年R. W.富兰克林编订的《艾米莉·狄金森诗集》编号80,这首诗先后有3个不同的记录版本,版本1对应本诗第一段,约作于1859年春天,版本2和3对应本诗第二段,分别作于约1863年和1864年。版本2和3只在标点上有细微差异。——编者注

爱,先于生命　917

爱,先于生命——
后于,死亡——
是创造的起点——
世界的原型——

约 1864　　　　　　　　　　　　　　1896

如果我能使一颗心免于哀伤　919

如果我能使一颗心免于哀伤
我就不虚此生
如果我能解除一个生命的痛苦
平息一种酸辛

帮助一只晕厥的知更鸟
重新回到巢中
我就不虚此生。

约 1864　　　　　　　　　　　　　　1890

我见不到的,看得更真切　939

我见不到的,看得更真切——
通过我坚定的信念,我淡褐色的眼睛
有时会闭起——
但是记忆,却没有眼皮——

常在知觉完全模糊时
我同样能看清
仿佛有人手持明灯
照亮我深爱的面孔——

于是我起身,在我的梦中——
给你以特殊的温存——
直到嫉妒的日光插足作梗——
毁掉你完美的形影——

约 1864　　　　　　　　　　　　　　　1945

死亡是一场对话,进行　976

死亡是一场对话,进行
在灵魂与尘土之间。
死亡说,"分解吧"——灵魂说,"先生
我却有不同的信心"——

死亡对此怀疑,争辩从头开始——
灵魂转身远去
只是为了留作证据
脱下了一袭肉体外衣。

约 1864　　　　　　　　　　　　1890

一个瘦长的家伙在草地[①]

一个瘦长的家伙在草地
有时奔驰——
你也许见过,也许没有
他的通报常突然而至——

草丛被分开,像用梳子——
一支斑斓的箭杆出现——
随即在你的脚边封闭
分开处又继续向前——

他喜爱沼泽,那过分阴冷
不宜稼穑的泥土——
当我还是孩子,赤着脚——
不止一次,在中午

相遇,曾以为是鞭梢
散落在阳光里

---

① 此诗曾以《蛇》为题发表。

我弯下腰去拾取
它却扭曲着,离去——

不少自然的居民我都熟识
他们对我,也不认生——
我常为他们感受到一种
亲切的喜悦激情——

却从不曾见到这家伙时
不论有伴或是独自一人
不是呼吸发紧
骨头里感觉到零——

约 1865　　　　　　　　　　1866

崩溃,不是一瞬之功　997

崩溃,不是一瞬之功
一个根本性的停顿
石雕的风化粉碎
都是有机的腐败过程。

先是灵魂结上蛛网
表面落上灰尘
茎轴有虫蛀蚀
本质出现锈痕——

毁灭有条不紊,魔鬼的工作
缓慢而连贯有序——
衰败于顷刻,谁也不曾
渐变——是堕落的规律。

约 1865　　　　　　　　　　　　　　1945

捆住我,我还能唱 1005

捆住我,我还能唱——
夺去,我的曼陀林
我会在内心弹奏——

杀了我,灵魂会飞起来
向着天国讴歌——
依旧属于你。

约 1865　　　　　　　　　　1945

有点什么,可以希望　1041

有点什么,可以希望,
切不要太远
是对抗绝望的依仗——

有点什么,痛苦,
切不要太重——
会终止的,可以忍受。

约 1865　　　　　　　　　　　　1945

我从未见过荒原 1052

我从未见过荒原——
我从未见过海洋——
却知道石楠的形态①
知道波浪的模样。

我从未和上帝交谈
从未访问过天堂——
却知道天堂的位置
仿佛有图在我手上——

约1865   1890

---

① 石楠,常绿灌木,生长在贫瘠的荒原。

在夏季的鸟鸣之外　1068

在夏季的鸟鸣之外
草丛里有哀婉乐音
一个小小族类的弥撒
在隐蔽处举行。

看不见任何仪式
感恩祈祷如此徐缓
成了忧郁的常规旧例
扩大寂寞之感。

在中午最有古趣
当八月就要焚尽
便有这种幽灵的赞美曲
预示安息临近。

优雅风采犹未减色
明辉上未见皱纹
却有神秘的变异使自然

更加令人销魂。

约 1866   1891

天空低矮，云层阴暗　1075

天空低矮，云层阴暗。
飘落的雪花一片
是越过仓廪，还是飞过沟渠
内心还在争辩——

狭隘的风，整天抱怨
有谁待他不善
自然，也像我们，有时碰上
未戴冠冕。

约 1866　　　　　　　　　　　　1890

这些是指向自然酒家的路标 1077

这些是指向自然酒家的路标——
她慷慨邀请
一切饿汉,尝她
神秘的芳醇——

这些是自然之家的礼仪——
对乞丐,对蜜蜂
敞开胸怀
同样殷勤

为了证明她真挚
永不凋谢的欢迎
东方,长有紫红
北方,总有那颗星——

约 1866　　　　　　　　　　　　　　　1929

死亡后的清晨　1078

死亡后的清晨
屋子里的忙乱
在人间万事之中
最为庄严——

打扫干净心房
收拾起爱情
我们将不再使用
直到永恒。①

约 1866　　　　　　　　　　　　　　　　　　　1890

---

① 永恒,eternity,还可解作永世、来世、无穷。

要说出全部真理,但不能直说 1129

要说出全部真理,但不能直说——
成功之道,在迂回
我们脆弱的感官承受不了真理
过分华美的宏伟

像用娓娓动听的说明解除孩子
对于雷电的惊恐
真理的强光必须逐渐释放
否则,人们会失明——

约 1868　　　　　　　　　　　　1945

太阳出来了 1148

太阳出来了
它改变了世界的面貌——
车辆来去匆匆,像报信的使者
昨天已经古老!

人们街头相遇
都像有一条独家新闻要报道——
大自然的丰姿丽质
像巴蒂兹的新货,刚到——①

约 1869　　　　　　　　　　　　　　1955

---

① 巴蒂兹,地名。

大海对小溪说"来啊"　1210

大海对小溪说"来啊"——
小溪说,"等我长大"——
大海说,"那时你就成了大海——
我要的是小溪,现在就来!"

大海对大海说"去吧"——
大海说,"我就是那——
你所珍爱的";"有学问的水——
智慧,对于我,乏味"

约 1872　　　　　　　　　　　　1947

有人说，有一个字　1212

有人说，有一个字
一经说出，也就
死去。

我却说，它的生命
从那一天起
才开始。

1872?　　　　　　　　　　　　　　　　1894

我们能猜的谜　1222

我们能猜的谜
我们很快抛弃——
世上将没有陈腐,只要
昨日尚被认为神奇——

约1870　　　　　　　　　　　　　　1945

如果我不曾见过太阳　1233

如果我不曾见过太阳
我本可以容忍黑暗
然而阳光已使我的荒凉
成为更新的荒凉——

约 1872　　　　　　　　　　　　　　　1945

乞丐沿门乞讨名声 1240

乞丐沿门乞讨名声
很容易得到满足
但是,面包更加神圣
却难以找到施主

约 1872　　　　　　　　　　　　1945

没有一艘船能像一本书　1263

没有一艘船能像一本书
也没有一匹骏马能像
一页跳跃着的诗行那样——
把人带往远方。

这渠道最穷的人也能走
不必为通行税伤神——
这是何等节俭的车
承载着人的灵魂。

约 1873　　　　　　　　　　　　　　1894

不用棍棒,心已碎　1304

不用棍棒,心已碎——
石头也不必要——
有条鞭子小得你看不见
我已经知道

抽挞那神奇的生灵
直到它摔倒,
但是鞭子的名称太高贵
不便于相告。

大度得就像男孩
发现的那只鸟——
会对着石头唱歌,虽曾
为此而死掉——

羞,不必畏缩
在我们这样一个世界里——
羞,挺直了站起来——

宇宙属于你。

约 1874   1896

亲爱的三月,请进 1320

亲爱的三月,请进——
我是多么高兴——
一直期待你光临——
请摘下你的帽子——
你一定是走来的——
瞧你上气不接下气——
亲爱的,别来无恙,等等,等等——
你动身时自然可好——
哦,快随我上楼——
有许多话要对你说——

你的信我已收到,而鸟
和枫树,却不知你已在途中——
直到我宣告,他们的脸涨得多红啊——
可是,请原谅,你留下
让我涂抹色彩的所有那些山山岭岭——
却没有适当的紫红可用
你都带走了,一点不剩——

是谁敲门？准是四月。
把门锁紧——
我不爱让人纠缠——
他在别处待了一整年——
我正有客，却来看我——
可是小事显得这样不足挂齿
自从你一来到
以至怪罪也像赞美一样亲切
赞美也不过就像怪罪——

约 1874　　　　　　　　　　　1896

池塘里的大厦　1379

池塘里的大厦
青蛙不愿再住——
他跳上木桩
发表长篇演说

听众有两个世界
但要把我除掉——
这四月的雄辩家
今天嗓子哑了——

手套戴在脚上
他生来没有巴掌
他的口才是气泡
像他的名声一样——

发现为他鼓掌
实在叫人丧气
德摩斯梯尼已消失①

---

① 德摩斯梯尼,古希腊演说家。

在碧绿的水底——

约 1876　　　　　　　　　　　　　　　　　　1945

舆论是个飞来飞去的东西 1455

舆论是个飞来飞去的东西,
但是真理,生命比太阳长久——
如果我们不可兼得——
要那最古老的一个——

约1879   1924

一只旋转的飞轮[①] 1463

一只旋转的飞轮
一条瞬息消逝的线——
一声翡翠的共鸣——
一股胭脂红的急湍——

灌木林梢的花朵
端正碰歪了的头——
多半是突尼斯的信使
在清晨轻快驰骤——

约 1879　　　　　　　　　　　　　　　　　　1891

―――――――

① 此诗所写为蜂鸟。

你不能让记忆生长 1508

你不能让记忆生长
如果它失去了根——
尽管把它扶直
把周围的土壤壅紧

也许能哄骗全宇宙
却救不活那棵植株——
真正的记忆像雪松
根柢似钻石般坚固——

也不能吹倒记忆
只要它一旦长成——
无论怎样摧残
铁的蓓蕾会再生——

约 1880　　　　　　　　　　　　1945

小石头多么快活 1510

小石头多么快活
独自在路上滚着,
从不介意荣辱浮沉
从不畏惧危机发生——
他朴素的褐黄衣裳
为过路的宇宙所穿上,
像太阳一样独立
成群或单独,都发光,
以不拘礼的淳朴
履行绝对的义务——

约 1881　　　　　　　　　　　　　　1891

我的国家不必更换服装　1511

我的国家不必更换服装,
那三件一套的十分漂亮①
依旧像在列克星敦裁制成,②
第一次说"合身"时一样。

大不列颠不喜欢"那些星星";③
恶语中伤,十分巧妙——
说他们的态度里有点什么
在奚落,在激怒她的刺刀。

约 1881　　　　　　　　　　　　　　　　　　　1891

---

① "三件一套",指"三权分立"的国家体制。
② 列克星敦,马萨诸塞州东部一城市,美国独立战争爆发于此。
③ "那些星星",指美国。美国国旗上有代表各州的星星。

像忧伤一样难以觉察　1540

像忧伤一样难以觉察
夏季已经消逝——
过分难以觉察,以至
不像是负心而去——

昏暗早早开始
分馏出一片静谧,
也可能是自然自己
把午后的明光遮蔽——

黑夜提前到来——
黎明有异样的景色——
彬彬有礼而令人心酸,
像行将离去的宾客——

于是,不用羽翼
也不用舟楫
我们的夏季轻盈地逃逸

消失在美的境域。

约 1865　　　　　　　　　　　　　　　1891

谁,未能在下界发现天堂 1544

谁,未能在下界发现天堂
也不会找到,在天上——
因为天使总是赁屋和我们比邻而居,
无论我们迁往何方——

约 1883　　　　　　　　　　　　　　1896

相逢,是意外事故　1548

相逢,是意外事故,
我们按计划飞行——
一个世纪才有一次
命运会批准发生
如此神圣的差错,
但是年事已高的命运
对幸福过分吝啬
像米达斯吝啬黄金——①

约1882　　　　　　　　　　　　　　　　1945

---

① 米达斯,已经传奇化了的古代君主。据传说,他曾请求并得到使他手指接触过的一切变为黄金的魔力。

大的战争已在书堆中埋葬　1549

大的战争已在书堆中埋葬——
小的战斗,还有一场——
我从未见过的敌人
常对我仔细打量——
在我和我的战友之间
他曾斟酌再三,终于
选中了精英,忽略了我——
直到他们全都死去——
那该多么美,如果
不被离去的好友忘记——
因为,人到七十
游伴稀——

约 1882　　　　　　　　　　　　　　1945

以前,垂死的人　1551

以前,垂死的人
知道他们将去何处——
他们将去上帝的右手边——
那只手如今已被砍掉
上帝,无法寻找——

信仰退位
使行为渺小——
有一星磷火
也比黑暗无光美好——

约 1882　　　　　　　　　　　　1945

香花会谢 1578

香花会谢,
糕点,当天新鲜,
记忆却像歌曲
永远红艳。

约 1883 1939

历史,曾经绞杀巫术　1583

历史,曾经绞杀巫术
但是如今的历史和我
每天都发现我们身边有
我们需要的各种巫术。①

约 1883　　　　　　　　　　　　　　　1945

~~~~~~~~~~~~~~
① 由于原文未加标点,这首诗也可以作如下理解:
历史,曾经绞杀巫术
但是如今的历史和我
发现,我们每天都需要
身边有各种各样的巫术。

他饮食珍贵的文字   1587

他饮食珍贵的文字
他的精神变得强壮。
他再不觉得贫困,
他再不感到沮丧。

他跳着舞过黯淡的日子
使他飞翔的只是一本书,
能有多么大的自由——
精神摆脱了束缚!

约 1883   1890

虽然海洋已睡去 1599

虽然海洋已睡去,
它们仍然是深的,
我们不能怀疑——
没有一个摇摆不定的上帝
点亮这个住所
为了把它熄灭——

约 1884　　　　　　　　　　　　　　1894

有两个可能　1618

有两个可能
有一个必然
还有,一个应该。
无限的折中
是我愿!①

约 1884　　　　　　　　　　　　　　　　1955

---

① 可能,至少有两个。必然,只有一个。应该,是伦理判断。我愿,是各种条件制约下的抉择。

不知黎明什么时候来到 1619

不知黎明什么时候来到
我敞开了每一扇门窗,
也许它有羽毛,像小鸟,
也许像海岸,有波浪——

约 1884　　　　　　　　　　　　　1896

冬季,在我的房间里 1670

冬季,在我的房间里
我碰到了一条蚯蚓——
粉红、细长、温暖——
但是由于他是虫
而虫,全都放肆
和他相处很不放心——
便用一根绳子把它
同近旁的东西拴住
然后又继续前行。

过了片刻以后
发生了一件事情
若是听说我决不会信
此刻说来仍然心惊——
一条蛇,有罕见的斑纹
在房里地板上游动
模样像先前的蚯蚓
只是用力把那一根——
我用来拴住他的

那一根绳,缠紧——
当它变化,变得暴躁
那绳子还在那里——

我不禁退缩,"你好漂亮"!
一种讨好的奉承——
他咝咝作声,"是
害怕我"?
"缺乏热情"——
他打量我——
随即以他体内
一种苗条的节奏
像花式游泳
使他突然挺身。

这时我转身就逃
两眼盯着他的方向
怕他随后追来
我不停地飞奔
直到一个遥远的地方
和我家隔着许多小镇的小镇
才收住脚步
却原来是梦。

？   1914

上帝果真是个爱嫉妒的神 1719

上帝果真是个爱嫉妒的神
他受不了眼看着
我们俩一道嬉戏,而不是更
愿意
和他同在一起。

? 1945

我若知道第一杯是最后一杯

我若知道第一杯是最后一杯
我一定久久不饮。
我若知道最后一杯是第一杯
我一定一口饮尽。

杯啊,这是你的过错,
嘴唇并没有骗我
不,嘴唇,那是你的,
欢乐应负最大罪过。

? 　　　　　　　　　　　　　1945

我啜饮过生活的芳醇 1725

我啜饮过生活的芳醇——
付出了什么,告诉你吧——
不多不少,整整一生——
他们说,这是市价。

他们称了称我的分量——
锱铢必较,毫厘不爽,
然后给了我我的生命所值——
一滴,幸福的琼浆!

1862   1929

我的生命结束前已结束过两次 1732

我的生命结束前已结束过两次——
它还要等着看
永恒是否会向我展示
第三次事件

像前两次一样重大
一样,令人心灰望绝。
离别,是我们对天堂体验的全部,
对地狱短缺的一切。

? 1896

失去你，比得到　1754

失去你，比得到
任何别的心更加甜美。
不错，干渴确实是受罪，
但是过后，我有了甘露水！

里海也有沙的区域，
那是它另一种海域。
没有贫瘠的不毛之地，
里海不能成为里海。

?　　　　　　　　　　　　　　　1896

要造就一片草原……　1755

要造就一片草原,只需一株苜蓿一只蜂,
一株苜蓿,一只蜂,
再加上白日梦。
有白日梦也就够了,
如果找不到蜂。

? 1896

到天堂的距离 1760

到天堂的距离
像到那最近的房屋
如果那里有个朋友在等待着
不论是祸是福——

灵魂该有多么坚强,
能够承受得起
走近的脚步声——
门的开启——

约 1882　　　　　　　　　　　　1890

名声是一只蜜蜂　1763

名声是一只蜜蜂。
　它有一首歌——
　它有一根刺——
　　啊,它也有翅膀。

?　　　　　　　　　　　　1898

过分欢乐的时光自行消散 1774

过分欢乐的时光自行消散
不留一点痕迹——
痛苦不长一根羽毛
或是太重,难以飞去——

约 1870　　　　　　　　　　　　　　1945

地球有许多曲调 1775

地球有许多曲调。
没有旋律的地方
是未知的半岛。
美是自然的真相。

但是为她的陆地做证,
为她的海洋做证,
我以为,蛩鸣
是她最动人的哀乐声。

? 1945

附 录

书简选译

260

致托·温·希金森①

1862年4月15日

希金森先生：

你是否太忙，以致无暇告诉我，我的诗是否活了？

我的心离它自己太近——它无法看清——而我别无他人可问——

如果你认为它有了呼吸——而且你有暇见告，我将不胜感激——

如果我弄错了——你又敢于对我直说——我将更诚挚地——敬重你——

---

① 希金森（Thomas Wentworth Higginson, 1823—1911），1841年毕业于哈佛学院，而在哈佛神学院取得学位后，担任牧师。南北战争爆发后，他辞去神职，参加联邦军队（1862—1864），成为南卡罗来纳州第一志愿军的一名上校。他终生为自由事业奋斗，而且是个多产作家。他和狄金森之间的通信在美国文学史上有极大重要性。

此信并未署名，但是附有艾米莉·狄金森签了名、装在另一封套内的一张卡片。这是她在《大西洋》月刊上读到了希金森为辅导青年习作者而写的《致一位年轻的投稿者》之后写给他的，并随信寄去了她的四首诗：《安然在他们洁白的卧室内》《我们先玩人造珠宝》《最近的梦如烟消散》和《我告诉你太阳怎样升起》。这标志着他们之间一直保持到狄金森逝世为止的长期通信的开端。希金森于1891年10月第一次在《大西洋》月刊上公开发表此信时，在前记中写道："1862年4月16日，我正住在马萨诸塞州沃尔塞斯特城，我从那里的邮局取回了如下这封信。"

随信附上我的名字——请求你,先生,请把实话告诉我——

你不会辜负我的信任——这是无须请求的——既然敬意是它本身的典质——

261

致托·温·希金森

1862年4月25日

希金森先生：

我早该对你的关怀表示感激——但是我病了——今天我伏枕给你写信。

谢谢你的外科手术——并不像我设想的那样痛。遵嘱——我又寄上几首——尽管这几首也许没有什么不同——

当我的思想外衣剥光——我就能加以区别——而给它们穿上袍子——它们就显得相似而且发僵。

你问我多大开始写诗？直到这个冬天为止——先生——除了两首以外——我没有写过诗——

从去年9月起——我感到一种恐惧①——我不能对任何人说，于是我就唱歌，正像那个经过坟场的孩子②——因为我

---

① 这里所指，可能是查尔斯·沃兹华斯牧师（Charles Wadsworth, 1814—1882）要离开费城，经由巴拿马运河前往西海岸的旧金山出任神职一事，虽然到1862年4月才成为事实，可能在前一年9月已经决定。这位牧师，在她的书信中被她称作（除妹妹以外唯一的一个）"人世间最亲爱的朋友"。当时北美大陆战火纷飞，交通不便，这次远行近乎死别。艾米莉可能是1855年在费城认识他的。他于1860年和（1870年从旧金山回到费城后的）1880年，先后看望过她两次。

② 所谓像孩子过坟地，是说：心中害怕，吹口哨给自己壮胆。

害怕——你问到我的书——诗人——我有济慈——勃朗宁夫妇,散文——罗斯金先生①——托马斯·布朗爵士②——和《启示录》③。我上过学——但是用你们的话来说——我缺乏教育。当我还是个小姑娘,我有过一个朋友④,他曾教导我什么是不朽——但是他自己探索得太近了——他再也没有回来——不久,我的导师⑤,去世——有好几年,我的辞典——成了我仅有的伴侣——后来我又找到一位⑥——但是他不满足于我做他的学生——他离开了这个地方。

你问我目前的伴侣——小山——先生——落日——还有一只狗——像我一样大,是我父亲⑦为我买的——它们比人好——因为它们知道——但是不说——池塘里的响声,在中午——比我的钢琴更动听。我有一个哥哥⑧,一个妹妹⑨——

---

① 罗斯金(John Ruskin,1819—1900),英国散文作家,评论家。
② 布朗爵士(Sir Thomas Browne,1605—1682),英国作家,医生。
③ 《启示录》,《圣经·新约》最后一篇。
④⑤ 均指本杰明·富兰克林·牛顿(Benjamin Franklin Newton,1821—1853)。他没有进过大学,曾从艾米莉的父亲学法律(1847—1849)。他的突然离去,有人解释为由于求娶艾米莉而为其父所拒。牛顿曾给了她最初的文学熏陶,也是承认艾米莉诗才的第一人。他离去后不久便结婚,又不久,死于肺病,年仅三十二岁。
⑥ 这一位,指查尔斯·沃兹华斯牧师。
⑦ 父亲,爱德华·狄金森(Edward Dickinson,1803—1874),终生居住在艾默斯特,在此从事律师工作达四十八年之久;曾两次代表本地区出席马萨诸塞州州议会,一次当选为美国第三十三届国会议员(1853—1855)。
⑧ 哥哥,威廉·奥斯汀·狄金森(William Austin Dickinson,1829—1895),早年和艾米莉特别亲密。从艾默斯特学校毕业后入哈佛法学院,后来继承父业,在艾默斯特终生从事律师工作。
⑨ 妹妹,拉维妮亚·诺克洛斯·狄金森(Lavinia Nocioss Dickinson,1833—1899),是她发现了艾米莉的诗稿,并由于她坚持不懈的努力,艾米莉的第一本诗集才得以问世(1890)。她也像姐姐一样,终生未嫁。

我的母亲①不关心思想——我的父亲,忙于写辩护状——顾不上注意我们做些什么——他给我买了许多书——却又央告我不要读——他怕这些书搅乱我的思想。他们都信教——除了我——每天清早都要对一个幻影说话——他们都称他为"父"。但是我担心我的叙述会使你厌烦——我很想知道——你能告诉我怎样成长吗——也许不可言传——就像旋律——或是巫术?

你谈到惠特曼先生②——我从未读过他的书——但是有人告诉我,他名声不好——

我读过普雷斯科特女士的《事件》③,但是它在暗中跟着我——所以我避开了她——

这个冬天有两位报刊编辑到我父亲家里④——向我索取我的才华——我问他们"为什么",他们说我吝啬——而他们要为世界而加以利用——

我——自己——无法衡量我自己。

我自己觉得——我渺小——我读了你发表在《大西洋》

---

① 母亲,艾米莉·诺克洛斯·狄金森(Emily Nocross Dickinson,1804—1882)。
② 惠特曼(Walt Whitman,1819—1892),艾米莉·狄金森同时代的美国伟大诗人,终生所写诗篇,都收入篇幅不断扩大的《草叶集》。他的诗,形式上不拘泥于传统格律,内容更百无禁忌,以致被不少真假清教徒斥为渎神、下流、惊世骇俗。惠特曼的诗作未能列入狄金森家的藏书,当然不足为怪。
③ 《事件》发表在《大西洋》月刊1860年5月号,作者全名为赫丽艾特·普雷斯科特·斯保福德(Harriet Prescott Spofford)。
④ 两位编辑可能是鲍尔斯(Samuel Bowles,1826—1878)和霍兰(Josiah Gilbert Holland,1819—1881),当时均为《斯普林菲尔德共和日报》编辑,他们都是狄金森家的好友。不过,也难以完全肯定,因为"报刊"原文是复数。

上的文章①——对你产生了敬意——我确信你不至于拒绝回答对你推心置腹提出的问题——

这些——先生——就是你想要知道的吗？

你的朋友

艾·狄金森

---

① 指《致一位年轻的投稿者》。

265
致托·温·希金森

1862年6月7日

亲爱的朋友:

你的来信并没有使我陶醉,我以前已尝过朗姆酒——多明各只来一次①——然而我不曾感受过像你的意见带来的这样深的喜悦,如果我要向你道谢,泪水会阻遏我的言辞——

我的导师②病危时曾告诉我,他希望能活到我成为诗人,但是死神很像是我无法驾驭的群众——而在多年之后——果园上突然出现光亮,也许是随风刮来了新的气息,使我不能平静——我感受到一种痉挛,这时——诗的作用仅在于缓解——

你的第二封信出我意料,我有片刻的飘然之感——是我不曾料想到的。你的第一封——并未使我难堪,因为真话——不会使人羞惭——我感谢你的公正——但是不能舍弃那些能够以它们的音响使我的脚步趋于平稳的铃铛③。也许

---

① 朗姆酒,甘蔗制酒。多米尼加首都圣多明各盛产此酒。艾米莉以"多明各"象征能使人醉的酒神。
② 这位导师,是本·牛顿。
③ 铃铛,指韵脚。据狄金森的传记作者认为:希金森,这位未能摆脱传统格律观念的"导师",认为她用韵"不稳""痉挛",曾劝她干脆放弃,像惠特曼那样,写无韵的自由诗。

香膏,显得更加美妙,因为第一次,你曾使我流血。

读到你建议我推迟"发表",我不觉哑然失笑——发表的念头和我的思想相去有如天渊。

如果声誉属于我,我逃也无法逃脱——如果与我无缘,我就会由于追逐而虚度过最漫长的一天——我的狗就会对我不满——那么——还是我的赤脚等级更好——

你认为我的步态"痉挛"——先生——我正处在危险之中——

你认为我"失去控制",我缺少一位裁判。

你是否有时间做一位你一定认为我需要的那种"朋友"?我的形体很小——不至于使你的桌面感到拥挤——也不大会像啃咬你藏书的老鼠那样喧声吵闹——

如果我能把我所作的东西寄给你——不至于频繁到成为麻烦——并能问你,我是否表达清楚了——对于我,这就会是一种控制——

> 水手看不见北方——但是知道磁针能——
> 我把手放进,"你在黑暗中伸给我的手"里,
> 然后走开。现在,我说不出话来了——
> 仿佛我乞讨寻常施舍,
> 一位陌生人把一个王国
> 塞进我惊讶的手里,
> 而我,站着,不知所措——
> 仿佛我询问,东方
> 是否有一个给我的早晨——
> 它竟提起紫红水闸,
> 用黎明把我冲击成齑粉!

可是,你愿意做我的导师吗,希金森先生?
$\qquad$ 你的朋友
$\qquad$ 艾·狄金森

268
致托·温·希金森

1862年7月

你能相信我吗——没有？现在我,没有肖像,但是我的身材纤小,像一只鹪鹩;我的头发蓬乱,像毛栗的针刺;我的眼睛,像客人留在杯里的褐色葡萄酒——有这样的描写也就够了吧？

我父亲常为这事大惊小怪——他说死神说不定什么时候降临,别人的像他全都有——唯独没有我的,但是我注意到这些东西很快就磨损了,我倒预先避免了这种羞辱——你不会认为我古怪吧——

你说到"深色"。我熟悉蝴蝶——蜥蜴——和红门兰——难道他们不都是你的同胞？

我能成为你的学生很高兴,我一定不辜负你的关怀,但是我无法回报。

假如你果真同意,我现在就详细提出——

你是否愿意指出我的缺点,像对你自己一样直率。因为我宁愿忍受疼痛,也不愿不治而死。人们去看外科医生,不是为了夸耀——骨头,先生,而是请他正骨,而内部的骨折更加危急,所以,导师,我将献上我园中的花——服从,和我所懂得的一切感激。也许你在笑我。但是不能因此而停住——我的事业是圆周——一种愚昧无知,不是对于习惯,而是,如果遇到朝晖——或是夕阳见到我——先生,可以说,我是那美景中唯一的袋鼠①,这使我痛苦,我想,教诲会改变这种状况。

我知道,除了培养我,你还有许多事情要做——请你,请你自己规定,我可以多长时间请教一次——而不至于造成你的不便。一旦——你为接待我而感到后悔,也就是发现了我不是你所设想的那种材料——你一定要赶走我——

当我写到我自己,作为诗的代表——那不就是指——我——而是一个虚设的人物。有关"完美"的见解,你是对的。

今天,使昨天显得卑下。

你谈到《琵帕走过》②——以前,我不曾听人谈过《琵帕走过》。

你看,我是这样孤陋寡闻。

要向你致谢,使我感到惶惑。你永远是无所不能的吗?如果我有一种愉快为你所缺,我很乐于奉献。

你的学生

---

① 圆周,似乎是描写诗。诗,是以诗人为圆心的投射物。袋鼠,或表示与美景不协调,或表示对于美的拙于感受,但是就艾米莉而论,更可能表示拙于表达对于美的感受。所谓无知,指此。
② 《琵帕走过》,英国诗人罗伯特·勃朗宁(Robert Browning, 1812—1889)的诗剧,发表于1841年。写女工琵帕度她一年一度的节日,边唱边走,从城中走过,她圣洁的歌声无意中感化了包括一名主教在内的四个各怀鬼胎或有罪的人。

342
致托·温·希金森①

1870年8月16日

亲爱的朋友：

我会在家,很高兴。

我以为你说的是15号。难以置信永远不会使我们吃惊,因为难以置信。

艾·狄金森

---

① 这封短简,显然是对于希金森通知她已经到达、询问她可否来访的函件的答复。她本以为他会在前一天(15日,星期一)来到。以下所附希金森致其妻的信,写于8月16日夜间,所标日期为:艾默斯特/星期二,晚10点。

342a
托·温·希金森致其妻

1870年8月16日

我今晚不准备坐个通宵,把有关艾·狄的一切都写信告诉你,亲爱的。但是如果你读过斯托达德夫人①的小说,你就可以理解一个其成员各行其是的家庭。然而我只看见她。

一座县城律师的巨大宅邸,棕色的砖,高大的树木,一片花园。我递过我的名片。一间客厅,阴暗、凉爽而有点古板,一些书,几幅版画,一台打开的钢琴——《马尔本》和《户外集》也在那些书中间②。

门口传来踢踏作响的孩子般的脚步声,一个身材矮小、面貌平常的妇女轻盈地走了进来。她略微发红的头发梳成光滑的两束,她的相貌有点像贝勒·多夫,不比她丑——也不比她漂亮——穿一身很普通但是极为干净的白色凸纹布衣裳,披一条蓝色网眼毛线披巾。她拿着两枝萱草向我走来,以一种稚气的方式放在我手里,用一种惊慌的孩子般柔和的嗓音,喘吁吁地对我说:"这算是我的介绍,"接着又低声说,"如果我感到惊慌,请原谅,因为我从不会见陌生人,不知道该说些什

---

① 斯托达德夫人(Elizabeth Drew Stoddard, 1823—1902),美国小说作家。
② 《马尔本》(*Malbone*),托·温·希金森的一部长篇小说。《户外集》(*Out Door*),他的有关自然界动植物的散文集。

么"——但是她不久就谈起来了,滔滔不绝——而又谦恭有礼——有时会停下来让我说——但是随时准备重新接过话头。她的风度介乎安吉·蒂尔顿和奥尔科特先生之间——但是和他们不同,她极其天真、单纯,说了许多事情,你会觉得愚蠢,我却认为聪明——有些,你会喜欢听的。我写几件在这一页的背后。

……

我两点到达,九点离开。艾·狄曾经有一整夜梦见你(而不是我),第二天就接到了我通知她要来的信!!她只是从我评介夏洛特·霍斯①的文章中提到你的地方才对你有所了解的。

"女人爱说;男人沉默。这是我怕女人的原因。"

"我父亲只在星期天读书——他读的是寂寞而严峻的书。"

"如果我读一本书,而这本书能够使我浑身发冷,什么火也无法使我暖和,我知道那是诗。如果我切实感觉到我的天灵盖好像被揭开了,我知道那是诗。我认识诗的方式仅限于此。难道还有别的方式吗?"

"没有任何思想的大多数人是怎么活着的。世界上有许多人(你在街上一定已经注意到他们)。他们是怎么活着的。每天清早他们怎么能找到力量穿衣裳的。"

"当我不能用我的眼睛时,想到真正的书是这么少,以至可以很容易找个人把全部都念给我听,对于我倒成了一种安慰。"

"真理是如此稀少,把它说出来就令人愉快。"

---

① 希金森帮助培养的一名青年女作者。

"生活使我心醉神迷,仅仅意识到在活着就足以令人欣喜。"

我问她是否从不觉得有对于职业的需要,从不离开这地方,从不会见任何来客。"我从不曾想到去设想在未来的全部时间里我会有丝毫接近于那种需要的可能。"(她又说)"我觉得我把自己的意思表达得还不够强烈。"

所有的面包都由她做,她父亲只爱吃她做的。他父亲还说,"人必须吃点布丁",说时流露出不胜向往的神情,就仿佛向往彗星——于是,她就做布丁。

342b
托·温·希金森致其妻

1870 年 8 月 17 日

还是艾·狄。

"你能告诉我什么是家吗?"

"我从来没有母亲。我以为,母亲就是你感到苦恼时你可以跑去找她的那个人。"

"我直到十五岁才知道怎样从钟表上看时间。我父亲以为他已经教过我,而我并没有懂,我不敢说我没有懂,也不敢问任何别人,怕的是让他知道。"

我以为她父亲并不严厉,而是难以接近。除了《圣经》,他不希望他们读任何东西。一天她哥哥带回家一本《卡瓦纳》①,他把它藏在钢琴盖下,然后向她示意。他们全都读了。她父亲终于发现时,很不高兴。也许是在此以前,她父亲的一个学生非常惊讶,他们居然从未听说过(莉迪亚·玛丽亚)蔡尔德夫人。他常把书带给他们,藏在门旁的灌木丛里。他们那时都还是些穿着短小的衣裳,把小脚蹬在椅子档上的小东西。在读到第一本使她醉心的书之后,她就想:"这才是一本书呢!这样的书一定还有!"

---

① 《卡瓦纳》,朗费罗写的小说。

"事情从我们心里消失时是遗忘还是吸收?"

亨特少校是她所见过而又使她觉得最有趣的一个人。她记得他说过的两件事——她的那只大狗"懂得万有引力",以及,当他说他会再来时,他说"一年以后。如果我说一个较短的时间,结果一定更长"。

当我说改天再来时,她说:"说一个长点的时间吧,结果会近些。改天,没有意义。"

在长时间不用眼睛以后,她读了莎士比亚。她想,为什么还需要有别的书呢。

我接触过的人中间,从不曾有一个像她这样使我的神经穷于应付。我还没碰到她,她就躲开了。幸亏我没有住在她家附近。她常以为我疲倦了,似乎很能体贴人。

"外国文学名著丛书"书目

第 一 辑

书 名	作 者	译 者
伊索寓言	〔古希腊〕伊索	周作人
源氏物语	〔日〕紫式部	丰子恺
堂吉诃德	〔西班牙〕塞万提斯	杨绛
泰戈尔诗选	〔印度〕泰戈尔	冰心 石真
坎特伯雷故事	〔英〕杰弗雷·乔叟	方重
失乐园	〔英〕约翰·弥尔顿	朱维之
格列佛游记	〔英〕斯威夫特	张健
傲慢与偏见	〔英〕简·奥斯丁	王科一
雪莱抒情诗选	〔英〕雪莱	查良铮
瓦尔登湖	〔美〕亨利·戴维·梭罗	徐迟
欧·亨利短篇小说选	〔美〕欧·亨利	王永年
特利斯当与伊瑟	〔法〕贝迪耶	罗新璋
巨人传	〔法〕拉伯雷	鲍文蔚
忏悔录	〔法〕卢梭	范希衡 等
欧也妮·葛朗台 高老头	〔法〕巴尔扎克	傅雷
雨果诗选	〔法〕雨果	程曾厚
巴黎圣母院	〔法〕雨果	陈敬容
包法利夫人	〔法〕福楼拜	李健吾
叶甫盖尼·奥涅金	〔俄〕普希金	智量
死魂灵	〔俄〕果戈理	满涛 许庆道

书　名	作　者	译　者
当代英雄	〔俄〕莱蒙托夫	草　婴
猎人笔记	〔俄〕屠格涅夫	丰子恺
白痴	〔俄〕陀思妥耶夫斯基	南　江
列夫·托尔斯泰中短篇小说选	〔俄〕列夫·托尔斯泰	草　婴
怎么办？	〔俄〕车尔尼雪夫斯基	蒋　路
高尔基短篇小说选	〔苏联〕高尔基	巴　金　等
浮士德	〔德〕歌德	绿　原
易卜生戏剧四种	〔挪〕易卜生	潘家洵
鲵鱼之乱	〔捷〕卡·恰佩克	贝　京
金人	〔匈〕约卡伊·莫尔	柯　青

第　二　辑

荷马史诗·伊利亚特	〔古希腊〕荷马	罗念生　王焕生
荷马史诗·奥德赛	〔古希腊〕荷马	王焕生
十日谈	〔意大利〕薄伽丘	王永年
莎士比亚悲剧五种	〔英〕威廉·莎士比亚	朱生豪
多情客游记	〔英〕劳伦斯·斯特恩	石永礼
唐璜	〔英〕拜伦	查良铮
大卫·科波菲尔	〔英〕查尔斯·狄更斯	庄绎传
简·爱	〔英〕夏洛蒂·勃朗特	吴钧燮
呼啸山庄	〔英〕爱米丽·勃朗特	张　玲　张　扬
德伯家的苔丝	〔英〕托马斯·哈代	张谷若
海浪　达洛维太太	〔英〕弗吉尼亚·吴尔夫	吴钧燮　谷启楠
哈克贝利·费恩历险记	〔美〕马克·吐温	张友松
一位女士的画像	〔美〕亨利·詹姆斯	项星耀
喧哗与骚动	〔美〕威廉·福克纳	李文俊
永别了武器	〔美〕欧内斯特·海明威	于晓红

书 名	作 者	译 者
波斯人信札	〔法〕孟德斯鸠	罗大冈
伏尔泰小说选	〔法〕伏尔泰	傅　雷
红与黑	〔法〕司汤达	张冠尧
幻灭	〔法〕巴尔扎克	傅　雷
莫泊桑中短篇小说选	〔法〕莫泊桑	张英伦
文字生涯	〔法〕让-保尔·萨特	沈志明
局外人　鼠疫	〔法〕加缪	徐和瑾
契诃夫小说选	〔俄〕契诃夫	汝　龙
布宁中短篇小说选	〔俄〕布宁	陈　馥
一个人的遭遇	〔苏联〕肖洛霍夫	草　婴
少年维特的烦恼	〔德〕歌德	杨武能
德国，一个冬天的童话	〔德〕海涅	冯　至
绿衣亨利	〔瑞士〕戈特弗里德·凯勒	田德望
斯特林堡小说戏剧选	〔瑞典〕斯特林堡	李之义
城堡	〔奥地利〕卡夫卡	高年生

第 三 辑

埃斯库罗斯悲剧二种	〔古希腊〕埃斯库罗斯	罗念生
索福克勒斯悲剧二种	〔古希腊〕索福克勒斯	罗念生
欧里庇得斯悲剧二种	〔古希腊〕欧里庇得斯	罗念生
神曲	〔意大利〕但丁	田德望
西班牙流浪汉小说选	〔西班牙〕克维多　等	杨　绛　等
阿拉伯古代诗选	〔阿拉伯〕乌姆鲁勒·盖斯　等	仲跻昆
列王纪选	〔波斯〕菲尔多西	张鸿年
蕾莉与马杰农	〔波斯〕内扎米	卢　永
莎士比亚喜剧五种	〔英〕威廉·莎士比亚	方　平
鲁滨孙飘流记	〔英〕笛福	徐霞村

书 名	作 者	译 者
彭斯诗选	〔英〕彭斯	王佐良
艾凡赫	〔英〕沃尔特·司各特	项星耀
名利场	〔英〕萨克雷	杨 必
人性的枷锁	〔英〕威廉·萨默塞特·毛姆	叶 尊
儿子与情人	〔英〕D. H. 劳伦斯	陈良廷 刘文澜
杰克·伦敦小说选	〔美〕杰克·伦敦	万 紫 等
了不起的盖茨比	〔美〕菲茨杰拉德	姚乃强
木工小史	〔法〕乔治·桑	齐 香
恶之花 巴黎的忧郁	〔法〕波德莱尔	钱春绮
萌芽	〔法〕左拉	黎 柯
前夜 父与子	〔俄〕屠格涅夫	丽 尼 巴 金
卡拉马佐夫兄弟	〔俄〕陀思妥耶夫斯基	耿济之
安娜·卡列宁娜	〔俄〕列夫·托尔斯泰	周 扬 谢素台
茨维塔耶娃诗选	〔俄〕茨维塔耶娃	刘文飞
德国诗选	〔德〕歌德 等	钱春绮
安徒生童话选	〔丹麦〕安徒生	叶君健
外祖母	〔捷〕鲍·聂姆佐娃	吴 琦
好兵帅克历险记	〔捷〕雅·哈谢克	星 灿
我是猫	〔日〕夏目漱石	阎小妹
罗生门	〔日〕芥川龙之介	文洁若

第 四 辑

一千零一夜		纳 训
培根随笔集	〔英〕培根	曹明伦
拜伦诗选	〔英〕拜伦	查良铮
黑暗的心 吉姆爷	〔英〕约瑟夫·康拉德	黄雨石 熊 蕾
福尔赛世家	〔英〕高尔斯华绥	周煦良

书　名	作　者	译　者
月亮与六便士	〔英〕威廉·萨默塞特·毛姆	谷启楠
萧伯纳戏剧三种	〔爱尔兰〕萧伯纳	潘家洵　等
红字　七个尖角顶的宅第	〔美〕纳撒尼尔·霍桑	胡允桓
汤姆叔叔的小屋	〔美〕斯陀夫人	王家湘
白鲸	〔美〕赫尔曼·梅尔维尔	成　时
马克·吐温中短篇小说选	〔美〕马克·吐温	叶冬心
老人与海	〔美〕欧内斯特·海明威	陈良廷　等
愤怒的葡萄	〔美〕约翰·斯坦贝克	胡仲持
蒙田随笔集	〔法〕蒙田	梁宗岱　黄建华
悲惨世界	〔法〕雨果	李　丹　方　于
九三年	〔法〕雨果	郑永慧
梅里美中短篇小说选	〔法〕梅里美	张冠尧
情感教育	〔法〕福楼拜	王文融
茶花女	〔法〕小仲马	王振孙
都德小说选	〔法〕都德	刘　方　陆秉慧
一生	〔法〕莫泊桑	盛澄华
普希金诗选	〔俄〕普希金	高　莽　等
莱蒙托夫诗选	〔俄〕莱蒙托夫	余　振　顾蕴璞
罗亭　贵族之家	〔俄〕屠格涅夫	陆　蠡　丽　尼
日瓦戈医生	〔苏联〕帕斯捷尔纳克	张秉衡
大师和玛格丽特	〔苏联〕布尔加科夫	钱　诚
茨威格中短篇小说选	〔奥地利〕斯·茨威格	张玉书　等
玩偶	〔波兰〕普鲁斯	张振辉
万叶集精选	〔日〕大伴家持	钱稻孙
人间失格	〔日〕太宰治	魏大海

第 五 辑

书 名	作 者	译 者
泪与笑　先知	〔黎巴嫩〕纪伯伦	冰　心　等
华兹华斯 柯尔律治 诗选	〔英〕华兹华斯　柯尔律治	杨德豫
济慈诗选	〔英〕约翰·济慈	屠　岸
汤姆·索亚历险记	〔美〕马克·吐温	张友松
大街	〔美〕辛克莱·路易斯	潘庆舲
田园三部曲	〔法〕乔治·桑	罗　旭　等
金钱	〔法〕左拉	金满成
果戈理小说戏剧选	〔俄〕果戈理	满　涛
奥勃洛莫夫	〔俄〕冈察洛夫	陈　馥
谁在俄罗斯能过好日子	〔俄〕涅克拉索夫	飞　白
亚·奥斯特洛夫斯基戏剧六种	〔俄〕亚·奥斯特洛夫斯基	姜椿芳　等
复活	〔俄〕列夫·托尔斯泰	草　婴
静静的顿河	〔苏联〕肖洛霍夫	金　人
谢甫琴科诗选	〔乌克兰〕谢甫琴科	戈宝权　任溶溶
维廉·麦斯特的学习时代	〔德〕歌德	冯　至　姚可崑
叔本华随笔集	〔德〕叔本华	绿　原
艾菲·布里斯特	〔德〕台奥多尔·冯塔纳	韩世钟
豪普特曼戏剧三种	〔德〕豪普特曼	章鹏高　等
铁皮鼓	〔德〕君特·格拉斯	胡其鼎
加西亚·洛尔卡诗选	〔西班牙〕加西亚·洛尔卡	赵振江
你往何处去	〔波兰〕亨利克·显克维奇	张振辉
显克维奇中短篇小说选	〔波兰〕亨利克·显克维奇	林洪亮
裴多菲诗选	〔匈〕裴多菲	孙　用

书　名	作　者	译　者
轭下	〔保〕伐佐夫	施蛰存
卡勒瓦拉	〔芬兰〕埃利亚斯·隆洛德	孙　用
破戒	〔日〕岛崎藤村	陈德文
戈拉	〔印度〕泰戈尔	刘寿康
三个火枪手	〔法〕大仲马	李玉民
约翰-克利斯朵夫	〔法〕罗曼·罗兰	傅　雷
都兰趣话	〔法〕巴尔扎克	施康强

第六辑

金驴记	〔古罗马〕阿普列尤斯	王焕生
萨迦	〔冰岛〕佚名	石琴娥　斯文
约婚夫妇	〔意大利〕曼佐尼	王永年
双城记	〔英〕查尔斯·狄更斯	石永礼　赵文娟
飘	〔美〕米切尔	戴　侃　等
狄金森诗选	〔美〕艾米莉·狄金森	江　枫
在路上	〔美〕杰克·凯鲁亚克	黄雨石　等
尤利西斯	〔爱尔兰〕詹姆斯·乔伊斯	金　隄
漂亮朋友	〔法〕莫泊桑	张冠尧
战争与和平	〔俄〕列夫·托尔斯泰	刘辽逸
陀思妥耶夫斯基中短篇小说选	〔俄〕陀思妥耶夫斯基	文　颖　等
阿赫玛托娃诗选	〔俄〕阿赫玛托娃	高　莽
布登勃洛克一家	〔德〕托马斯·曼	傅惟慈
西线无战事	〔德〕雷马克	邱袁炜
雪国	〔日〕川端康成	陈德文
晚年样式集	〔日〕大江健三郎	许金龙